后浪出版公司

海鸥

墓园

郑然 著

graveyard

of seagulls

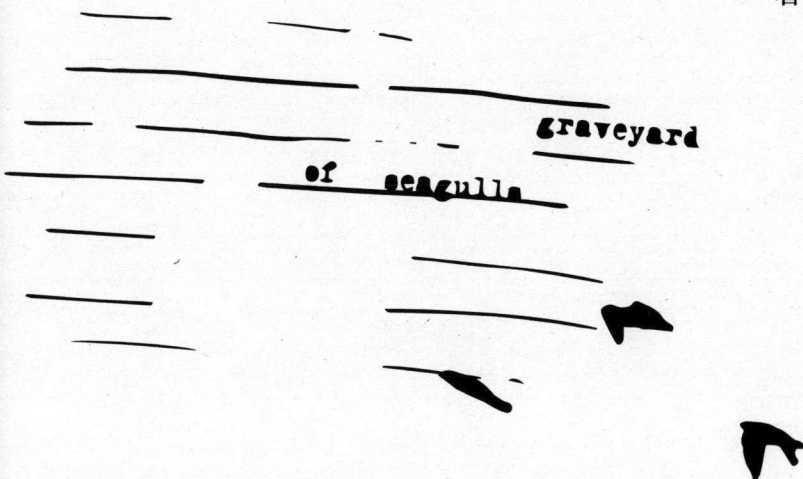

海峡出版发行集团
海峡文艺出版社

献 给

我的父亲和母亲

我们经历了一段旅程，即使不曾离开房间。

——保罗·奥斯特

目　录

冰箱

长久以来，我被衰老困扰。

医生断定我如果继续这样下去，只剩下几个月好活。我充满担心，但这担心并非源于我自己的健康状况，而是来自我那漂亮的妻子。

我和妻子独居在郊外一所公寓里，隔壁是一条宽阔的马路，夜间会有前往临海码头的集装箱卡车将车头灯开足，呼啸而过。我总是在这时候，在黑暗中，在狭小的冰冷中，思考我们的未来。

妻子年纪轻轻就跟我结了婚。那时候她还是个孩子（至少我这么觉得）。我们对未来都还没做好准备，甚至在婚礼上，她认为这一切不过是个热闹的游戏。直到婚后的某一天晚上，她毫无预兆地从我身边醒来，开始轻声哭泣。她的哭声将我从睡梦中唤醒，我起身打开床头灯，在昏黄的光中抱紧她，我们谁也没说话，但我知道她为什么哭。从那天起，我便开始经历漫长而孤独的夜幕。

已经是凌晨两点了，长时间的失眠令我对时间变得敏感焦躁，我从床上坐起来，打开那盏妻子一年前送给我做生日礼物的落地灯。我照照镜子，发现眼睛里满是焦虑的种子，它们像受到季节的召唤，从我眼球里涨开，想要钻出来。

我轻轻来到楼下，打开客厅里的冰箱，妻子蜷曲在里面睡得香甜。我仔细端详她的样子，听她平缓而富有节奏的呼吸。这时，她嘴角露出些许浅笑，她梦见什么了？我凝视着她，试图发现一个与我有关的梦境。我轻轻将她额前柔软的头发拨开，她的整张脸便呈现出来，那是我的杰作，一张完美的脸。

我的意思是，妻子曾经将脸弄丢过，那些敏感而鲜活的神经像失去了遮挡的帷幕，全部裸露在空气里，令她不知所措。

我记得那是一个寻常的清晨，整件事情发生后，她蜷缩在我怀里，微微颤抖。我试着告诉她这并不是什么见不得人的事，可她听不见，看不见，也说不了话。她无处宣泄自己的惊恐，进而变得暴躁易怒失去理智。她挣脱我的怀抱，开始将屋子里任何她触手可及的东西统统打碎。她甚至凭借记忆，摧毁了房间里的每一面镜子。此后，她将自己关在屋里，用无时无刻的沉默对抗这周遭的一切。

她曾是个对生活充满热情的女人，喜欢小动物，心情好的时候会烤蛋糕。与别人交谈时，总是面带微笑，将洁白整齐的牙齿露出来。虽然我们不常与外人来往，但她仍旧对每个认识的人保持热情。

可这正是我所担心的，我生怕她对别人的热情会令我嫉妒得发狂。现在，这突如其来的变故改变了所有的一切，或者说是我所有的生活。

起初，她怀疑这会不会是某个电视台的恶作剧，类似每周五晚上我们会一起看的怪诞秀节目，那是一档将普通人通过特殊手段暂时变成怪物，看看在他生活中会发生什么的真人秀节目。妻子很喜欢这档深夜节目，她总是看得津津有味，看那些遭遇巨变的生活。她时常对我说，那些人简直太可怜了。可现在这并不是什么电视节目，妻子在焦急又充满希望地度过一周后，发现她的脸并没变回来。

她渐渐发现所有努力都是徒劳的，就像那天晚上，她意识到她结了婚，成为一个即将老去的画家的妻子那样沮丧。

她用手捂住脸，没有一点声音，但我知道她在哭。

我静静坐在一旁，跟那天一样，一言不发。这对我来说，确实是件棘手的事。我决定先切断妻子与外界的联系，她在生病，我只是不想让别的什么打扰到她。我给她的公司和远在外地的父母分别打了电话，告诉他们，她病了，但并不严重，需要休息一阵儿。他们粗略地询问了她的情况，没有产生任何怀疑，之后我便挂了电话。

这竟令我有些高兴，但我必须遏制这种感受的蔓延。毕竟，这不是一件值得庆祝的事，我并不想让自己在道德感上背负些什么。

但妻子的痛苦，却让我焕发光彩，活力重新回到了我身上。是的，我开始变得积极，又有了新的灵感，短时间内我又创作了大量画作，这令我欣喜万分。这种欣喜具有某种魔力，那是一种改变我如今生活的诱惑，毕竟我五十多岁了，衰老在我的生命里时时展现它不可抗拒的征兆，那些关于头发、牙齿、疾病，还有爱情的焦虑，时刻都在折磨我这样一个可怜人。这样的机会无疑是一次偶发事件，我必须把握住它。于是我决定为妻子重新做一张脸，这对我来说并不困难。

一个礼拜天的傍晚，我从 J 那里买了一张上好的人脸皮。J 是个职业的人体器官贩子，我时常找他购买一些创作上用的人体素材。他告诉我，脸皮是被一把锋利的柳叶刀一口气剥下来的，过程中没有任何间断。

他得意的神情让我明白自己的选择是对的，J是那种对名声非常爱惜的人，他不会随随便便拿残次品糊弄任何一个来找他买东西的客人。在他眼里，优质的货物是他最好的招牌。他会细致入微地将每件货物的采集过程告诉你，他喜欢说这些，说的时候总是背对着那一整排密密麻麻盛放器官的脏器皿的架子，那让他的脸上泛着神采奕奕的油光。

可我不关心这个，也不关心这张脸原先的主人是个即将被处决的女毒贩，还是一个在街上打电话却被无故掳走的妙龄女郎。现如今，人脸的贩卖已经和心脏、生殖器、血液一样广泛，我只需要付出一笔不菲的金钱，就能买到一张品相完美的脸皮。我喜欢这个什么都能买到的世界，不过，这张瑕疵为零的脸皮着实贵了些。

为此，J专门从他的货仓（一个浑浊，气味刺鼻，四壁满是水垢，盛满防腐液的旧浴池）里，用手捞了两只眼球和一对耳朵作为礼物送给我，它们被他粗黑的手臂丢进一个原本用来盛糖水罐头的空玻璃瓶内，接着将瓶子按进池中，灌满液体后，才拧紧盖子交给我。

我把瓶子举起来，在光线下，它们闪着奇异的光。

现在唯一的问题是，妻子还缺个鼻子。以往，每当妻子坐在有阳光的午后看书时，我都会找一个舒服的角度看她，可我总是对她的鼻子不甚满意，我希望它挺拔小巧，在她专注的时候，光线可以沿着它笔直的线条，贯穿我的爱意。

现在，我得到了亲手纠正这个问题的机会。我花了大半个月的时间将所有这一切弄妥后，对坐在床上、用被子蒙着头的妻子承诺她会有一张新脸和一个全新的属于我们两个人的生活。但她没有任何反应，像一尊没有生命的雕塑。

整个手术是 J 帮我张罗的。

当妻子重新站在我面前时，她变得更漂亮了，鼻子挺拔小巧，一如我想的那样。但我有种预感，她会在不久的将来变成另外一个人。

我给她拿来一面镜子，她对着镜子轻轻抚摸自己的脸，试图从记忆中找到可以和这张脸重叠的画面。我看着镜中的妻子，意识到有什么新的东西，笼罩在我们周围。

当晚我们做了爱，那是我不再年轻后，第一次真正意义上的性爱。它是欢愉的，是对自我的一种再生。妻子的头枕在我的胳膊上，我的手指沿着妻子隐现的脊椎骨，游弋在她光滑的背部。

她对我说，这是个新的开始。

新的开始？我不禁开始疑虑，我呢？也是她"新的开始"的一部分吗？看着那张陌生的脸，我的恐惧又渐渐生起。

妻子是在某天早晨我洗澡的时候失踪的。那时我在浴室蒸腾弥漫的雾气里等她，像往常那样，我会和她在浴室里玩些游戏，我总是想方设法让她感到快乐，来填补我们之间的缝隙。

可那天她没有按时出现。我焦急地找遍所有房间，在我打算报警时，看见客厅冰箱的门开着，我拉开门，发现妻子在里面睡着了。

那段时间她总是闷闷不乐，抱怨她的新脸会因为炎热和长时间与空气的接触，显现出腐败的征兆。现在看来，她找到了解决的办法，低温令她的脸得以保鲜，她此刻的样子让我想起那些琥珀里的史前昆虫，散发出一种神秘艳丽的通感。我替她轻轻将门关上，松了口气。

从那以后，我便与妻子分开睡，我睡卧室，她睡冰箱。对她来说，这是件好事，她不必再为脸发愁，她正在恢复。

可这次妻子的失踪却令我忧心忡忡，我感到有些事情正失去我的控制。很快，她经历了最初的不适后，开始接受自己的新身份，她又开始化妆，打扮自己，对着镜子练习微笑。

妻子即将痊愈，在我看来，她已经准备好迎接新生活了，但我仍旧用各种各样的借口将她锁在家里。不久，她便察觉出了问题，与我三番两次地争吵。我索性把锁换掉，将电话藏起来，每天都会去超市给妻子买牛奶、卫生巾、内衣，还有她喜欢的电影碟片和小说。我开始对这种行为上瘾，它令我控制住了自己那种无时无刻的焦虑，我需要保持这种状态。

这令我想起曾画过的一幅画，那是一个全身赤裸沾满海水的女人，她趴在暗礁上，海里有一个若隐若现的男人，露出一对眼睛。那幅画呈现出一种焦灼的美感，正迎合了我当时的心情。

几周前，我们受邀前往一个小型画展，展中有我的几幅画作展出，那是妻子在成为另一个人后，我第一次带她出去。但妻子并没有表现任何期盼的心情。相反，她看上去陷入了一种古怪的沉默中。整个展出期间，我忙着与前来恭维的人交谈，但目光从未离开过她，我需要时时留心。

我看见她与一个瘦高的男人站在我的画前攀谈，那个男人穿了件白色的衬衣，我猜他喷了香水，他们站立的距离不超过一米，男人不时在说着什么，显示出一种熟稔，而我的妻子似乎也对男人产生了兴趣，我看见她笑了好几次，是那种与我在一起时永远也不会见到的笑，那是她发自内心的笑。

　　整个晚上，我都不在状态，我开始怀疑那个男人会不会认识我妻子那张脸原先的主人。我预感到一些不好的事，但我也说不准，这种感觉令我心跳加速，坐立不安，手心始终攥着汗。

　　回家的路上，我假装问妻子对这次画展的感受，她只是很敷衍地说了几句。我问她有没有认识新的朋友。她说没有。我们没再说话，过了会儿，她闭上眼睛，发出均匀的呼吸声。她睡着了吗？

　　我在宽阔而安静的路上心事重重地开着车。

　　回到家，妻子早早进了冰箱，这有些反常，可我并未在意，令我不安的是她竟然对我撒谎。但我还是说服自己在睡前吃了两片安眠药。

　　第二天一早，我去客厅喝水时，发现妻子从冰箱里消失了。随即我发现钥匙也不见了，还有她的衣服、口红、钱，以及一张我们的结婚照。之后我发现她将照片扔在了空荡荡的浴缸里，我才意识到她真的走了，永远不会回来了。

　　愤怒向我袭来，我开始摔东西，大声咒骂，用厨房的餐刀毁掉了我刚完成的几幅画。发泄过后，我气喘吁吁躺在地上，开始回忆一些细节，一些有关我们刚认识时的事情。我开始明白，妻子的离去只是时间问题。

　　这时候，电话响了，我以为是她，赶紧接了起来。

　　J在电话里询问了关于我妻子近期的一些情况，他嘱咐我最好让她一直待在冰箱里，哪也别去。接着又说他弄到一些不错的货，叫我有空去看看。我什么都没说就把电话挂了。

　　我走到客厅，将门锁上，接着上楼把她以往用过的柜子、箱子、首饰盒统统锁上，我要锁上这令人心碎的一切。

　　最后我决定，在天黑、睡意，以及悲伤彻底来临之前，到冰箱里去。

晚宴

谁竟敢在爱神的面前谈论地狱？

——夏尔·皮埃尔·波德莱尔

礼拜六的傍晚，丹徒从即将打烊的花店挑选了最后几株百合花，捧着它们离开时，接到一个电话，叫她去继承一笔遗产。

一开始她以为电话打错了，可对方跟她核实过信息后，丹徒才发现对方找的确实就是自己。她又想到，会不会是自己的隐私信息被某个电话公司或是其他什么机构，为了谋利卖给一些广告商和传销组织？但对方庄重的语气和礼貌的态度，很快让她又否定了这个可能性。最后，她觉得这可能是场恶作剧，是某个追求过她的人，或是哪个熟稔的好友在跟她一本正经的开玩笑。她笑着摇摇头，觉得很无聊，便挂断了电话，可没等她走到第二条街时，电话又响了起来，还是刚才那个电话号码，她犹豫了下，再一次接通。

对方坚持让她第二天下午去一趟位于市中心的律师事务所。并告知丹徒，如果届时她没有如约前来，有关遗产的事务，都将会由事务所自行处理，说完，对方便挂了电话。丹徒听着电话里传来茫然的"嘟嘟"声，陷入某种疑惑中。从刚才对方说话的口气里，她并没有听出任何恶作剧的意思，可谁会给她留一笔遗产呢？她的父母都还健在，昨天晚上她还跟他们打过电话。

或许是家族中的哪个长辈？但在她印象中，似乎没有什么亲戚与他们家走得很近。她不知道该如何做决定，唯一能确定的是，现在她手头确实有些紧张，一个人租住在这座大城市里，免不了有些拮据。但不管怎样，出于好奇也好，还是出于对那笔不知真假的财富的渴望，她最后还是决定去一趟那家律师事务所，看看到底发生了什么事。

那天晚上，她回到家中将已经有些发蔫的百合花插在鞋柜上的花瓶后，开始仔细回想在路上接到的那个电话。对她来说，这算是生活中极不寻常的一件事了。将遗产留给她的人会是谁呢？在自己的直系亲属中，祖辈早已去世，而在她父母这一辈中，也没有什么她能对上号的人。

　　丹徒本想给远在千里之外的父母打电话询问一下，在自己家族中有没有一位可以与此匹配的长辈。可就在即将拨通电话的时候，她出于本能挂断了它。她想起自己的父亲，那位永远保守不了秘密的男士，如果他在某次家庭聚会中，用高谈阔论的语气，把这件事告诉他们家那些刁蛮而精于算计的亲戚，势必又会引起一场不必要的争端。最后，她出于私心，决定明天等自己先搞清事情的来龙去脉后，再选择要不要通知父母。

　　拿定主意后，丹徒便开始给自己准备晚餐。她在这座城市已经独居四年多了，这四年里她没有谈过一个男朋友，事实上，她没有爱上过任何一个人。这座城市仿佛有一种令人丧失爱的魔力，除了每天为自己买一束鲜花的时刻，忙碌和苛刻早让她忘了爱的滋味。

　　她在一块中等大小的圆形砧板上摆弄洋葱时，不小心手滑，切到了手指。她开始没有察觉，直到细微的刺痛感慢慢扩散，鲜血从细窄的伤口里冒出来，通过砧板上弯曲的纹路渐渐汇聚在一起，顺着黑色的大理石桌面流进一旁的水池里，她才反应过来。丹徒看着自己的鲜血，觉得它们像是相互邀约的异教徒，要通往幽深隐秘的地下祭坛。

　　这时候，鲜血的气味令她回过神来，她打开水龙头简单冲洗了伤口，接着从客厅专门存放家庭急救药品的柜子里面取出一瓶医用碘附，将它倒在棉签上，均匀涂抹在伤口上，之后绑上一块透气性好的创可贴。做完这一切，丹徒彻底没了胃口，她把切剩的洋葱倒在垃圾桶里，收好刀具和砧板，空腹喝下一杯红酒后，很快就醉倒在客厅的沙发上。

她一直睡到第二天中午，坐在马桶上的时候，才想起下午要去律所的事，于是从卫生间匆匆出来，看了眼时间，才松了口气。她简单吃了些外卖，接着洗了澡，精心修饰了眉毛和嘴唇，画上淡淡的妆，最后从衣柜里挑了件黑色的裙子。做好这一切，她看看时间，穿上外套，便出了门。

丹徒提前十多分钟来到位于城市中心的律师事务所。那是一桩安静的房子，典型的英国乡村式别墅，旧租界时期，它曾是某位高级军官的官邸。暴露在外墙的深色木构架和高出屋顶的暗红烟囱，似乎构成一种无形的压力，让站在马路对面的丹徒没来由地感到紧张。她叹了口气，还是穿过马路敲开了对面别墅的大门。

接待她的是一位时髦的姑娘，穿着一身绛红色的职业西装，礼貌地将她迎了进去。

"您好，有预约吗？"

"有。"

　　姑娘询问了丹徒的姓名和预约时间后，带着她上了楼。丹徒趁机好好观察了四周，虽然别墅从外面看显得有些古旧，但室内显然被重新装潢过，除了保留了老房子原有的空间结构和一些过时的欧式家具外，一切都很现代化。

　　她被带到三楼尽头的一间屋子外，穿西装的姑娘轻轻敲了敲门，门里传来一个声音说"请进"。姑娘打开门，示意丹徒可以进去了。丹徒走进房间，姑娘便将门轻轻掩上。

　　"请坐。"律师没有抬头，对丹徒说道。

　　她在翻阅文件的律师对面坐下来，看见律师背后通透宽阔的落地玻璃外，是一座面积可观的花园。花园正中间有一尊石狮子头的喷泉，清凉的泉水正从这尊猛兽深邃的口中汩汩而出。

　　"丹徒小姐是吧？"律师问道。

　　她点点头。

　　"这是一些关于遗产继承方面的材料，您可以先过目。"

　　说着，律师将一沓文件放到她面前。丹徒翻开那些文件，一些熟悉的字迹让她回想起一些事。大概一年前，自己曾在网上报名参加过一次慈善酒会，她记得很清楚，在场的都是些年轻女孩，酒会地点好像也在这家律所附近。那次慈善活动旨在帮助一位孤寡老人。但如何帮？以何种形式帮？主办方并没有详细说。只是让她们自愿递交自己的简历，表示到时会有人联系她们。丹徒当时在酒精和从众心理的作用下，非常冲动地递交了一份简历，并迷迷糊糊签下一份类似协议的文件。之后，在她的生活里，她便将这件事彻底忘记了。

直到现在，那份协议的副本就摆在她面前，上面有她再熟悉不过的签名。她此时才看清那份协议上的内容，上面写着，老人临死前会挑选一名递交过简历的女孩成为自己遗产的继承者。可她没想到，那位素未谋面的老人竟然会将遗产留给自己。

"您很幸运，从那么多人里被他选中。"律师说道。

"可是，我并没有帮助过他，他为什么会选我呢？"

"您千万别这么想。他说了，想亲自见见您，这两天您可以抽空去探望他。到时候，他会告诉您他需要什么。"

律师说完，就将手中的钢笔推到丹徒的面前，"签下您的名字，这份遗嘱就生效了。"

丹徒看着笔，陷入了矛盾中，但随即她想到了那家每天都会去的花店。老板最近正准备将店盘出去，她实在不想看到自己喜爱的店面变成别的什么俗不可耐的洗浴中心或是小吃摊。想到这，她没再犹豫，拿起律师的笔，在遗嘱上迅速签下自己的名字。

接着，律师又拿着几份文件让她逐一签了字。做好这一切后，律师恭喜她成为这笔遗产真正的主人。丹徒对这一切还没有适应过来，她觉得自己仿佛做了一个离奇的梦，同时心中又对这突如其来的幸运而感到不安。

她向律师道谢后，便走出办公室，悠长的走廊里回荡着她高跟鞋敲击地面的清脆响声。

当她快要走下楼的时候，却在楼梯处的墙上看见一幅有些年头的油画。画的四周被仔细装裱起来，挂在走廊侧面与楼梯口相接的墙上。她感到有些疑惑，自己刚来时，似乎没有看到有这么一幅画挂在这里，是自己的记忆产生偏差了吗？丹徒不清楚。但不管怎样，她现在仿佛被什么东西牢牢拴在那副画面前。

她看着那幅与周围环境格格不入，显得十分诡异的油画，心中没来由地生出一种不安。但除了不安之外，她开始对画本身着迷起来。

她站在律所的楼道里，仔细端详那幅油画。画的内容似乎是民国时期的一次宴会，但画上却没有一般宴会那种狂欢愉悦的感觉，相反，在画的空间中弥漫着一种清冷。画的主体是一群沉默的宾客，着色黑暗晦涩，他们面向同一个方向，脸色都苍白得可怕，眼中含着浓烈的忧郁和深不见底的渴望，像是埋藏在地下百年的浑浊之酒。她看了会儿，开始注意到位于画中心位置的年轻男子。

他穿着一身民国时期的笔挺军装，交叠的双手下，立着一把与他一样年轻的瘦长军刀。丹徒凑上前仔细看了看，男人的发型被精心修理过，他没有胡子，但凑近看，还是能看见胡须根部细微的毛孔。丹徒在心中暗自赞叹作画者精湛的技艺。她又仔细看了看男人的眼睛，发现他的眼里似乎藏着一个曼妙的影子，她努力想要看清那个影子的脸，但影子太模糊了，她花了好久也没看清，最后只得作罢。

这时候，一个男声在丹徒身后响起。

"那是我的曾祖父。"

丹徒扭头，发现正是刚才接待自己的律师。丹徒看了看律师，眉宇还真的跟画中那个男人有几分相似。

律师站在丹徒身边，双臂相互交叉着抱在胸前，注视着那幅画。

"很年轻吧。"律师说道。

丹徒点点头。

"他曾是这里的主人，一个真正风流的男人。"

丹徒一边听律师说着，一边打量着他。她发现律师没有看她，而是眯着眼睛盯着那幅画，似乎陷入某种回忆中。

"风流？"

"是啊。他喜欢流连欢宴之所，在舞女丰腴的大腿之间畅饮。"

丹徒一下子觉得有些尴尬，不知道该说些什么。这时候，律师的目光也从画上移到丹徒身上。

"抱歉，有些失礼了。对了，如果你喜欢这幅画，我可以送你。"

丹徒赶忙拒绝，感谢了律师的好意，便匆匆下了楼。这里有种她说不出的怪异，但她还是忍不住又回头看了一眼，却发现律师站在楼梯口一动不动看着自己，他长长的阴影遮住了她的全部。

从律所出来，天色已经黯淡了。丹徒一点也不喜欢傍晚的感觉，每到此时，都会让她感到没来由的沮丧。而晚高峰的交通又令她头晕目眩，她不想坐在像是沙丁鱼罐头的地铁里忍受许久的异味，或是陌生眼神对她的侵袭。所以现在摆在她眼前的只有两个选择，一个是早点回家；另一个就是避开晚高峰，现在就去拜访那位老人。

她按照律师给的地址，查了手机导航，发现老人住的地方不算太远，慢慢走过去也只需要十多分钟。丹徒纠结了一会儿，最后，正是从这整件事以来，她心中产生的不安让她选择了后者——决定这一天晚上就去拜访那位将遗产留给自己的老人。她觉得这样做会让她稍稍心安一些。

她跟着导航走了会儿，来到了位于闹市中心一幢老旧的大厦脚下。大厦矗立在一个十字路口，与周围的现代建筑格格不入，它像是一枚亿万年前的琥珀，被包裹着一直保存到现在。她抬头看见大厦曾镶满马赛克瓷砖的墙体上，瓷砖像是被刮掉的鱼鳞一样，大部分都剥落了。虽然目的地就在眼前，但十字路口车流密集，丹徒等了半天才穿过马路，走进漆黑的大厦里。

大厦一楼异常安静，与外面的嘈杂形成鲜明对比。她觉得有些阴冷，从包里拿出一条羊毛披肩搭在身上。大堂里没有保安或是其他工作人员，只有两台 20 世纪二三十年代的升降电梯，电梯的折叠铁门需要自己手动拉开才能进去。

丹徒还是第一次在现代化的大都市里乘坐这样的古董电梯。她走进去拉上门，又掏出手机看看，确认老人住在六楼后，按下电梯右侧的按钮。她有些奇怪，这里手机没有信号，但她也没多想，在缓缓上升的电梯上等待着。

过了一会儿，六楼电梯轿厢顶部的提升灯闪了一下，丹徒从里面走出来。在她面前的是一座上了锁的舞厅大门，大门上原本应该挂着舞厅的招牌，但现在已经没有了，只能在布满污垢的玻璃上隐约看到一些招牌曾经的轮廓。她又掏出手机核对了楼层和门牌号，确认眼前的舞厅就是自己的目的地。

她上前抬起沉重的锁，怀着侥幸拔了拔，看能不能打开，但很快她就放弃了。可她一松手，锁就撞在门上，在空旷阴郁的楼道里发出刺耳回声。丹徒自己也被吓了一跳，等她的情绪好容易平复下来后，一个衰败的声音从舞厅里内传出来。

"钥匙在上面。"

丹徒抬起头，看见头顶确实有个凸出来的门框。她踮起脚尖，有些吃力地伸手去摸门框的顶端，不一会儿，她的手指像是触到了什么冰冷的金属制品，她抓住它，取了下来，是一把黄铜钥匙。

她把钥匙对准锁眼，"咔嚓"一声，锁就被打开了，她推开两扇幽闭已久的大门，走了进去。

"帮我点上蜡烛。"那个声音又吩咐道。

丹徒觉得那个声音里蕴含着一种建立秩序的能力，她似乎拒绝不了，只能按照那个声音所说的，拿起烛台旁的火柴，点燃了嶙峋的蜡烛。

当火光充盈起来的那一瞬间，丹徒看见眼前是一个被巨大褐色帷幔罩住的舞池。帷幔上都是灰尘，舞池正中央搁着一张大床，床上似乎躺着一个人，但丹徒却看不清他的样子。

"你就是我的继承人吧。"那个声音又说道。

"是的,老先生……您需要我做些什么吗?"

丹徒话音刚落,紧接着从帷幔里面传来剧烈的咳嗽声。

"你陪我说说话吧。"

丹徒看见舞池的左边有一把椅子和一张矮柜,它们像是沉默的仆人,孤寂地立在帷幔边上。她走过去,将椅子上厚厚的尘土掸了掸,捂着鼻子坐在上面。矮柜上立着一只梅瓶,里面插着几株早已干瘪的花茎,柜面上落满枯萎的花瓣。梅瓶旁边还摆着一些食物,但也只是原封不动地摆在那里,有些食物已经腐败了,上面有蠕动的白色蛆虫。

丹徒挪了挪椅子,好离那些恶心的虫子远一点儿。但同时,她对帷幔里的那位老先生又起了恻隐之心。她劝老人吃点东西,她可以去外面买一些新鲜的回来。但躲在阴暗中的老人拒绝了丹徒的好意。一时间,气氛变得十分压抑,丹徒也不知道自己该说些什么,她开始有些后悔来这里。

"你爱听故事吗?"这时候老人忽然问道。

丹徒点点头。

"那我给你讲个故事吧。"

"好。"

老人沉默片刻，便开始讲了起来。

"我喜欢叫她喀秋莎，她是个白俄女人，长得漂亮极了。那时候，我总是去找她跳舞，就在这里，这座曾经辉煌的舞厅里，紧贴着她翘挺挺的双乳和修长白皙的大腿，跳上一整夜，那真是一种享受啊。"

老人似乎陷入对往昔的回味中，可没一会儿，就发出一声叹息。

"但美妙的事总是很短暂。直到有一天，这所有的美好都被打破了。"

"发生什么了？"

"一件影响我一生的事。"老人顿了顿，"那天，舞厅来了位沉默古怪的陌生客人，抢在我之前与喀秋莎跳了一支舞，接着花了数目可观的大洋邀她到外面坐坐。那天夜里，她没有回来，我等了她整整一晚。直到第二天早上她才归来。从那时起，我就发现她有点不对劲。"

"哪儿不对？"丹徒追问道。

"开始的时候，白天她变得哈欠连天，无心工作，后来索性就彻底消失不见，没人知道她去了哪儿。但是午夜一过，她就又会在宴会上准时出现，像一枚宝石一样，耀眼夺目。"

老人似乎沉浸在美妙的过往中，过了会儿，他又继续说道，"但不知为什么，所有曾经喜欢她的恩客都开始离她远去。除了我，我还是那样深爱着她。但她不久之后却想离开我，不再为我跳舞。我苦苦哀求她，可她铁了心似的要离开，我紧紧抱住她，但她的身体不再有温度，我感觉抱着的是一具冰冷的青春病体。"

老人说到这，语气有些哀伤。

"最后，我恳求她再为我跳支舞，跳完我就让她离开。她同意了，但她要求带些客人一起来，我答应了她。我将这整个舞厅包了下来，花一大笔钱重新装修了一番，接着我就开始等待。"

老人咳嗽了两声，丹徒想要拉开帷幔，给老人提供一些帮助，但老人制止她，又说了起来。

"我一直等到第二天半夜。她那些身着黑衣的朋友如约出现在这里，他们坐在我周围，像是冰冷的雕像，但我不在乎他们是谁，我只在乎我面前跳舞的喀秋莎。哦，那真是一支令人心碎的舞。"

老人说到这，便停了下来。

"后来呢？喀秋莎跳完舞就走了吗？"丹徒问道。

老人摇摇头。

"没有，那些人最后扑向了她。"

丹徒不知道该说些什么，但心中的不安越来越强烈，她想起下午在律所看到的那幅油画。

老人久久没再说话。丹徒有些犹豫，但还是谨慎地将手伸进帷幔，放在老人鼻尖下探了探。老人仿佛被她手指上的伤口所吸引，猛地睁开眼睛，使劲闻了闻，鼻翼迅速鼓动着，像是在贪婪地轻嗅一朵玫瑰上的露水。丹徒感到有些不适，迅速将手抽了回来。

这时候，舞厅角落里落地钟巨大的钟摆，伴随着一声惊心动魄的响声迟缓地晃动了下，丹徒这才发现，原来已经是午夜十二点了。

"你能为我跳支舞吗？"老人这时候忽然说道。

她对老人提出的要求感到有些愕然。她并不会跳舞，小的时候虽然也曾上过舞蹈课，可当初指导她的老师断言她绝不是这块料，于是丹徒早早就掐灭了成为一名舞者的梦想。现在老人让自己跳舞，不管是出于什么目的，她都觉得自己不可能，也不会去应允这个请求。

"很抱歉……太晚了，我得回去了。"丹徒说道。

她心里虽然这么坚决地想着，但当不知道从哪里传来的华尔兹舞曲响起时，她发现自己的四肢开始不受控制，而巨大的帷幔此时正在下降，丹徒越过它们，跟随旋律在舞池里跳起了舞。

那是勃拉姆斯的《匈牙利圆舞曲》。当它被奏响时，银色月光也从窗外赶来赴约，丹徒旋转的黑色裙摆将月光抛洒在老人的床上，整个舞池沐浴在月神温柔的胸脯中。

　　这时，丹徒看到躺在床上的老人在月光的作用下，似乎正变得越来越年轻。她以为是自己的幻觉，可还没等她反应过来，老人就掀开被子，拖着一袭完全遮住他枯柴般身躯的宽大白袍，从床上站了起来。老人缓缓游荡到丹徒面前。

　　这回，她终于看清了老人眼中的影子，正是跳着曼妙舞姿的自己。老人从长袍里拔出那柄依旧锋利的军刀，用它抬起丹徒年轻的下颌，沿着她侧脸的轮廓，滑到她优雅美丽的颈部，他看着她，露出了笑意。

　　"好了，亲爱的，现在你愿意请我吃点东西吗？"

外面的雨还在下

连绵的阴雨似乎没有要停的意思。

彭奇在家又等了一天，他从亚马逊上订的两本小说还没到，可能快递员把这件事忘了，也可能因为电脑故障，对方压根就没接到自己的订单。他觉得很累，不想再打电话问了。

大概是在床上躺太久的缘故，他的左肩有点疼，便从床上起来活动了下，感觉好多了。他顺手打开客厅的灯，看了眼桌上的马蹄表，觉得快递今天是不会到了。

他搬把椅子搁在窗边，把窗门的插销拔了，像摘掉塞在耳朵里的棉花，雨声"哗啦哗啦"灌了进去。他倒了杯可乐，坐在椅子上看着外面。

就算在南方待了好几年，他还是有些不习惯这种像从昆曲戏子嘴里散发着胭脂味的绵愁天气，挠得他心里烦。

给我来个痛快的吧，他心里念叨着。

他们住在一楼，房东是个离异的女人，带着和前夫生的一个男孩住在楼上。这是幢老房子，地板都上了岁数，踩上去"吱呀吱呀"的，他经常能听见楼上房东家的男孩在上面跑来跑去吵闹的声响，有时候还能听见男士皮鞋在来回踱步的声音。之所以确定是个男人，是因为步伐沉稳规律，而且能明显感到前脚掌着地时的力度。

彭奇在这住的一直不踏实，无论白天黑夜，任何动静都经常让他觉得心惊肉跳。晚上灯一关，他总能听见硬壳的节肢动物在地板横行的动静。他觉得房间里所有缝隙后面都藏着一双眼睛。每当想到这，他都不寒而栗，接着告诉自己肯定是紧张过度。他有些佩服爱伦·坡和斯蒂芬·金，他无法想象他们是如何抵御那些无端冒出来的恐怖情节和噩梦般的伟大想象力。

他看着窗台上那盆仙人球，想起她临走前嘱咐过他要浇水。可这天气，还有必要吗？他打开电视，里面正在播送天气预报，预示明天南方会有个好天气，主持人是个穿米黄色西服的姑娘，在气象云图前来回移动，笑起来有浅浅的酒窝。

难道她就没什么糟心事？他拿起遥控器把电视关

了。两天前那个站在同样位置的国字脸男人，已经耗尽他残存的信任。

他重新坐到椅子上，感觉眼睛还是有些胀痛，便找来眼药水，两只手努力翻开眼皮，眼珠在慌乱的转动，跟个胆小的孩子一样，他用力挤了下药水，凉飕飕的。

他之前去看过医生，那是个披着白大褂的中年妇女，头发烫得跟泡面一样，上头应该还涂了些用来定型的东西，像从水里刚捞出来的海藻。

她告诉彭奇，眼压超标了，让他去做个检查青光眼的测试。他对青光眼没有任何概念，出来的时候还没有负担，直到在眼科外墙上的宣传图上才知道青光眼是什么。

他有些痛恨那帮医生为什么给这种致盲性疾病取一个这么漂亮的名字，显然有误导患者的嫌疑。假如他真得了青光眼，那就意味着自己将慢慢看不见任何东西，不能阅读，不能看电影，不能看见脚下的路，就连做爱时都得靠对方帮忙。

医生通知他后天来取报告。但他没去，因为他怕两本小说的快递今天到。报告迟一天应该也没有关系，他从医院回来就已经做好最坏的打算了，就算真的查出什么，早一天去和晚一天去的区别并不大。更何况他相信自己的运气不会那么差。

他发了会儿呆，刚才倒的可乐太甜了，嘴里发腻。他站起来到客厅角落的冰箱里拿水喝，但冷藏室什么都没有，他又打开冷冻室，才发现一瓶被冻得硬邦邦的矿泉水，他不记得是谁把它放在冷冻室里了。他坐在椅子上，看着路过的车灯从脸上掠过，用力拧开瓶盖，这时他听见窗外钥匙相互碰撞的声音，顺着声音看见一个长发女人锁上车门。光线太暗，他没看清她的样子，但他感觉女人也转了头，便下意识回避，等他再看的时候，女人已经不知所踪。

他坐在那里一直想着那个女人。他不知道为什么要去想，只是不断喝水，没事就把瓶子里的碎冰往嘴里倒，仿佛从未止住过口渴一样。

他瞥了眼时间，已经七点了，快递肯定不会来了。他觉得没必要再等下去，便给她发了条信息，问她回不回来吃饭，之后又躺到床上去了。枕头旁边搁着好多书，毛姆的短篇集，库切的小说，还有些国外的诗歌。

他喜欢特朗斯特罗姆的诗集，里面有种说不出来的韵味和隐喻。除此之外，这位瑞典老头还喜欢写俳句。彭奇不喜欢按照顺序读诗，他喜欢乱翻，翻到哪首就读哪首，他认为诗是跳跃的，鲜活的，而且没有教条般的逻辑可言，它们是生动的意象和诗人沉思的产物，循规蹈矩地读一本诗集，他觉得是一种不恭。

每当读诗的时刻，他喜欢想象自己置身在冬季一眼望不到边的枯槁草地上，然后看它壮丽的燎原和连绵多日的阴雨，最后当一切都归于平静时，他总能听见深处传来翅膀振动的声音。

除了中国移动给他发的缴费短信，他没再收到过任何信息。他不想等了，饥饿感已经如潮水般爬进胃里，他需要吃些东西。叫个外卖？还是出去点几个菜，再打包一些带回来？这种天气，让他难以抉择，如果雨再大一点就好了。

晚饭很快就到了，送外卖的是个干瘦小伙，头发有些油腻，裤腿湿了一片，收了钱就匆匆骑着那辆二手电瓶车走了。

他掀开饭盒，咬了一口荷包蛋，有些凉。这蛋肯定是早就煎好放在一个大脸盆里，谁要就夹一个去。凝固的蛋黄和雕牌洗衣皂的颜色一样，鱼香肉丝里的茭白也有些不熟，不过他仍旧吃得很香。

吃完饭后，他拨通电话，没人接，他便把手机往床上一扔，接着整个人躺倒在上面。他开始回想，好像和她是在书店认识的吧，他主动搭的讪。那时候他常去那儿打发时间，有一次，他还在那见到一个长得很像马尔克斯的老外，只不过是个秃顶，虽然留着标志性的白胡子，但手臂上却满是浓密的黑色体毛，像杂乱无章的铅笔线条。

第一次见到她的那晚，他做了个梦，梦见他在和一个女人做爱。两个人好像并不在床上，而是在厕所马桶上，他惊恐发现女人的乳房开始收缩，有时像枯萎的花，有时像两颗干瘪的橘子。醒来时，他满头是汗，感觉下身黏黏的，于是他起床洗了个澡，把内裤浸在了洗衣粉水里。

第二次在书店碰到她时，她在一堆工具书附近转悠，他没有犹豫，上前要了电话号码，后来的事似乎在他的印象中就是不停地做爱和争吵。

这时电话响了，他有些惊喜。

"喂？刚才打我电话？"

"想问问你回来吃吗？"

"你吃吧，我还有事。"

"要不要……"他还没说完，对方就挂了电话。其实他想问她，要不要给她做点吃的。不过，无所谓，他耸耸肩，接着看书。

他曾经想养只卷耳猫，有雪白的爪子，琥珀色的眼睛，走路时不发一声。不过，那是在还没有认识她之前。认识她后，他觉得完全没这个必要了，她就是一直以来在他心里的那只猫，穿着他宽松的衬衫悄悄把做好的早饭端到他面前，睡觉时弓着身子使劲往他怀里钻。

一想到这，他笑了起来，决定还是给她做点夜宵。

冰箱里除了土豆，就只剩番茄了，还有一盒用蜂蜜浸泡的柠檬，那是用来泡苏打水喝的，他们把柠檬切成小片，他还记得酸汁曾溅到过他的眼睛里。每次他们做完爱都会喝上一杯。

菜放在锅里，他怕热气跑出来，把锅盖掩在上面。做完这一切，他便在客厅里等她，茶几上有几本生活杂志，这种杂志一般都是她买的。他挑了本随手翻开，有些书缝里还夹着她酒红色的长发。

他在上面找到一篇讲人类体毛的文章，没有署名，写得煞有其事，他有些好奇便读了下去。文章里字里行间所透露的观点，就是男性长体毛理所应当；对于女性，虽然有些不公平，但是那位不愿透露姓名的作者明显对女性长体毛有很深的偏见，他认为女性全身（尤其是那些隐私部位）应该光洁无瑕。彭奇想，假如这篇文章流传甚广的话，那么其他男性怎么看？女权主义者怎么看？那些在杂志封面亮出腋下的女明星们又会怎么看？他觉得这个作者一定疯了。随后他又想到，这会不会是某个脱毛膏品牌植入的软广告？他以前就是专门干这个的。

他忽然想起件事，有一回她似乎也问过这个问题，好像是个周末，对，是周末。那天他们一直在床上躺着，饿了也不起来，除非膀胱实在憋不住了，才会上个厕所，其他时候他们都躺在一起有一搭没一搭地聊天，比如他抚弄着她的乳房，问她右半边脸那颗恰到好处的痣是遗传她妈还是她爸；比如她吻了下他的肩膀问他将来想要男孩还是女孩；诸如此类，种种话题，说得累了，就索性睡过去。

谈到那个问题时，好像已经是下午了，他的回答有些含糊。她有点不高兴，两人谁都没再说话，就那么躺着，等外面的天像被黑纱裹起来时，她说饿了。之后他们到外面吃了顿简单的晚餐，他记得那时候天上的亮光也快要不见了。

他把杂志扔到一边，这篇文章让他有些倒胃口，他拿出一罐苏打水，往去年圣诞节她送的星巴克杯子里倒了半罐，又从冰箱里取出那盒柠檬片，捏了几块丢进去，他吮尽手指上的蜂蜜，味道还不错。

彭奇端着苏打水开始在房间里踱来踱去，锅里的菜早就凉了，他估摸着她快回来，又热了一遍，随后将屋子打扫了一番，给仙人球浇了水，将客厅茶几上的杂志码放整齐，又将上面仔细擦了擦，最后把被子也叠好了。他看着眼前焕然一新的屋子，觉得她回来一定会高兴。他靠在椅背上，把耳机塞好，选了首舒缓的音乐，闭上了眼睛。

　　他不知道自己睡了多久，桌上的马蹄表显示已经八点了，外面的雨还在下。他回卧室从床上拿起手机，上面有个陌生的未接来电，他没有拨回去，这年头骗子的电话很多，他对此早就习以为常。过了一会儿，他听见有人敲门，一定是她回来了，他觉得心跳加速，咽了口唾沫，打开门。

　　是个穿雨衣的男人，水顺着他身体的轮廓滴在地板上。

　　"彭先生？"

　　他愣了下。

　　"刚才给你打过电话。"

　　男人说完，不知从哪儿拿出个包裹递给他，让他签字。他没听清他说些什么，只记得在上面签了字，男人把单据撕下来就走了，他看了眼手机发光的屏幕，20：04。

　　这是他辞职的第七天，快递终于到了。

海鸥墓园

　　我与女朋友又分手了。这次分手与前几次不同，之前由于她每次哭泣的动静太大，墙体都会明显多出几条裂缝，甚至连搅拌在混凝土里灰白色的贝壳碎片都暴露了出来。我生怕这样下去，我们会死在这座年久失修的宅子里。所以一直以来，我不断退让，选择妥协。但现在，我下定决心要离开她。

　　我提出分手后，女朋友出乎意料的平静，以往这时候我都能看见她体内正在聚集的风暴，歇斯底里地指责我埋葬了她的爱。可这次不同，她坐在我对面，我什么也看不到。她好像萎缩成一只干瘪的苹果核儿，身体里的水分已经干涸，被摆放在洁白发光的陶瓷盘中间，安静得像一幅19世纪的印象派油画。我见她这样，有些内疚，但这已不足以再让我心软，因为如果继续这样下去，我跟她都会早早结束不快乐的一生。为了避免这样的事情发生，我只得狠心与她做个了断。

我们住在一座岛上，这座岛并未在市面上任何一张印刷出售的地图中出现，我专门到图书馆去查阅了关于这座岛的信息，从明代的《坤舆万国全图》到近期修订的《世界地图总览图册》，我翻遍了古今中外所有相关的地理资料，都找不到任何关于这座岛的蛛丝马迹。或许它不值一提，令编撰地图的人私底下达成了某种跨越时空的共识，谁也不愿意在这上面浪费时间。

确实，这座岛屿既没有惹人关注的史前巨型雕像，也没有巴厘岛那样值得称颂的怡人气候，更没有具备写进《物种起源》那样条件的动物或植物。这里显示出的是一种站在甲板上，观看海平面时才拥有的贫瘠。我曾经试图测量岛的经纬度，可岛上没有架设任何通信设施，仅有的一座信号塔在岛的另一端，就算我长途跋涉到了那里也无济于事，说不定它早就被无常的天气损毁，也说不定早就朽烂成一堆坍塌的废金属。想到这，我便放弃了这徒劳的测量活动。

岛上唯一值得一提的是它恶劣的气候。正午时分，当太阳在空中肆虐时，遍布整座岛屿的白色细沙仿佛被全部点燃，滚烫无比。我曾经与女朋友将一只搁浅在近海的短尾鲨埋在这些刺眼的沙子里，它很快就像我们期待的那样熟透了，鲨鱼浑身冒着白烟和烤肉的香味儿。女朋友很兴奋，像是完成一桩壮举，让我用她的"海鸥"牌相机给她和被烤熟的鲨鱼拍照。她故意张大嘴，指着鲨鱼从沙子里露出的那双空洞焦黑的眼眶摆出可爱的表情。

她喜欢跟自己亲手埋葬的东西合影，这对她来说是一种传统，哪怕在这座与世隔绝的海岛上，她也认为有必要将它延续下去。所以去年她生日时，我送了她这台需要冲洗胶卷的老式海鸥相机。

她拍过的所有胶卷和相片全被藏在一个箱子里。我曾偷偷打开过那个箱子，看过她所有的底片，有她养了三年突然枯死的仙人掌，一副她最爱的但已经缩水的圣诞节纯棉手套，一台她父亲送的旧咖啡壶，以及我们的第一个孩子。

关于那个孩子，我不愿多说，在我看来那是个错误，错误的事情必须得到更正。我明确告诉过她，抹掉那个孩子所有存在过的痕迹，这样我们才能重新开始生活。可她显然没有听我的话，不仅给孩子的尸体偷偷拍了照，还一直留着胶卷底片，我只要一想到她悄悄拿着照片独自伤心的样子，就很生气。为此我跟她大吵一架。虽然最后我们还是和好了，可那以后，我感到很多东西都变了，她也开始变得有些不正常，再也不复以往的样子。

此时，我拿着相机，从各个角度捕捉她的美，并趁机从相机的取景框里窥视她。这是一种特殊的感受，有别于平时的她。说真的，这些年我都没有像现在这样好好看过她，她以前可是个美丽的女人，高挑时髦，说话时总能勾出我的魂儿，从见到她的第一面起，我就想将她据为己有。很多年过去了，时间摧毁了一切，这种爱早已荡然无存。可现在，我感觉它又重新回来了，激活了我沉寂许久的激情。

等我们从床上醒来时，已经是傍晚了。暴风雨早就笼罩在岛的上空，湿冷的空气钻进鼻子、眼睛和裤裆里，攫取身体里每一寸热度，将它们抽干，直到将你变成一具不会动弹的冰块。为了储存仅有的体温，我与女朋友总是紧紧抱在一起，她会将冰凉的双脚伸进我的裤管，除此之外，我们一动不动，任何消耗热量的多余动作，在这样的夜晚无疑都是致命的。

可女朋友却觉得这样很浪漫，我们沉默地面对面，闭着眼睛听对方的心跳，雨滴撞击玻璃的声音夹在其中，像是某种旋律的节拍。她这时总是伴随它们，轻声哼唱一时兴起编造的歌谣。这些歌谣大多跑调，词句贫乏，但歌词中无一例外总是提到我。这是她爱我的方式，我虽然不喜欢它们，但它可以在每一个寒冷的夜晚分散我的注意力，所以我总是靠着这些寿命不长的旋律，尽可能憋住汹涌的尿意。可我知道，时间久了，我的膀胱迟早会出问题。

让我更无法忍受的是从未停止的失眠。夜晚，巨浪滔天的声音，风经过旷野时暴躁鼓动的声音，还有她打呼噜的声音，接连不断地击穿我的头颅。我时常在半夜醒来，脑后总是一片冰凉，那是流了一整晚的汗液，之后我便烦闷地再也无法入睡。久而久之，我的身体终于出了问题，大概是睡眠不足，水土不服，抵抗力下降，或是别的什么毛病。总之，我病得很重。绝大部分时间我都躺在床上昏睡，醒来发呆，偶尔站在窗前盘算外面院子里羊齿蕨的数量，琢磨将它们挖到屋子里做成盆栽，让女朋友打发时间。我这么做并不是出于对她的爱，而是发现从没下过厨的她开始预谋为我准备一日三餐了。

女朋友一直对烹饪感兴趣，她收藏了大量食谱（有的来自一些我从未听过的国家），观看过上千部与美食有关的节目，跟我聊起这些东西时，她的神态带着与生俱来的骄傲。我曾经取笑她的认真和自信，并断言，她再怎么努力也不会成为一名出色的厨师。这让她与我足足冷战了四个礼拜，最后还是该死的性欲打败了我。可我从没指望她能做出什么像样的食物，所以一直以来，我没有给过她任何亲自下厨的机会。一方面我不相信她能做出多么美味可口的东西，另一方面我又担心她真的显露出某些天赋，会伤害我那可怜脆弱的自尊心（虽然我不愿承认那是我的问题）。

在我生病这段时间，我无暇顾及她，她终于找到了向我证明的机会。有一天，她让我老实躺在床上，说要为我准备一顿惊喜大餐。我还来不及阻止，她便光着脚丫下了楼。我听见她在厨房翻箱倒柜的声音，我想她一定是在找那口锅。

我们搬来岛上的时候，除了生活用品和一箱子胶卷外，她还带了一口笨重的"万古烧"，那是种日本产的陶瓷砂锅，可以用来煮任何食物，据说保温效果也超乎想象。我不知道她能用这玩意儿做出什么奇怪的东西，总之我一点也不放心，偷偷下床，躲在楼梯的缝隙后面看着在厨房手忙脚乱的她。

最后她将我们几天前带回来的冻鲨鱼肉，从冰箱里取出来化掉，用鼠尾草、黑胡椒和盐炖了一锅汤摆在我面前。我得承认，她确实没白看那些食谱和美食节目，单从汤的卖相来说非常诱人，但这不足以击败我对她多年的偏见。我拿起勺子试着尝了口，随后放下来。她满怀希冀地问我味道怎么样，我告诉她，你已经很尽力了，但我不喜欢。听到我这样的回答，她并没有显得失望，她说，我早就知道你会这么说。等她重新恢复冷静，就端着那锅鲨鱼汤笃定地下楼，我听见她把汤直接倒进了马桶里。

虽然我嘴上说不喜欢，可汤的味道棒极了，我从没喝过这么鲜美的汤，她甚至都没有放任何可疑的调味料。我不知道她用什么方法去除了鲨鱼肉里的尿骚味儿，也不知道她从哪搞来了鼠尾草和黑胡椒，我只知道她做的东西比我做的好吃一百倍，但我绝不能当面夸她，那会令我们两人的关系发生某种扭转，我不希望那样。以后我再也没有阻止她下厨，我们之间达成了一种默契，我坐在她铺着红白色格子布的餐桌前吃她煮的东西，不发表任何评论，而她也不再问我是否好吃。她默不作声，慢条斯理地刷洗碗筷，收拾厨房和吃完饭后的餐桌，把一切都安排得秩序井然。或许我以前低估了她的能力，她在这方面确实有着过人的天赋。可就算是意识到这一点，对我来说也无济于事，一旦你轻易习惯了某些事，它就会变成不可挽回的轨迹，令一切都平静地滑入深渊。

我开始后悔带女朋友来到这座岛，也许我内心想挽回些什么，也许我厌倦了这样的生活，在这座岛上，某种力量改变了原先的我和她，我想立刻摆脱这备受折磨的状态。可我们没法回到陆地上去了，在买下这套旧别墅时，我就签下一系列诸如"无法使用通信设备""与人类社会隔绝""须常年忍受来自大海与岛屿的孤寂"这样的附加条约，那时我以为是在奋不顾身地带着女朋友奔向一种截然不同的新生活，可现在看来，我错得是多么离谱。

而这一切全怪我当初听信了那家房产中介的鬼话，我还记得向我兜售这座别墅的是一位 30 岁上下的矮胖男人，他向我推荐了很多我买不起的房子后，才煞有其事地向我展示了这套他"珍藏已久"的房产，现在我知道这是早就预谋好的，他从看见我的第一面起，就选定了我，打定主意要把它卖给我。

那是一套看上去旧旧的独栋别墅，建于 20 世纪 80 年代末，照片里的它孤零零地矗立在岛屿中心，藏在一大片羊齿蕨背后。我一直没想明白是谁在这座该死的岛上建了这样一幢宅子，要知道岛上除了干枯的矮灌木、蕨类植物、码头和一个废弃的信号塔外，几乎没有任何便捷的生活设施。离我们最近的陆地是另一座岛，需要经受漫长的颠簸，穿过升起海雾的无名水域坐船一个小时才能到达。简而言之，我们与世隔绝。中介告诉我，原来的房主是一位商人，因为做生意亏本，所以将房子抵押给了债主，让我无须担心房源的可靠性。这是一套好说辞，可谁知道他说的是不是真的。但我别无选择，不是吗？那个奸猾的房产中介，在我双手揣着口袋漫无目的地看着玻璃上的售房信息时，就清楚我是一个穷困潦倒的年轻人。这样的年轻人，他每天要见无数个，可偏偏挑中了我。别误会，这并非是在夸赞某种好运，相反，对我来说这仅仅是一场灾难的开始。

在他竭力向我推销岛上的别墅时，我就做好了买下它的决定，因为我所有的积蓄只够买下这幢旧别墅。我也从没有怀疑过，自己为何可以花低价买下一幢三层楼高、带独立游泳池的法国殖民时期风格的孤岛别墅。直到后来我才明白原因。

那时，我被自己美丽的幻想遮蔽了思考能力。我可能还没说过，我患有重度的神经官能症，长久以来我都在避免与人过多的打交道，尽可能减少一切不必要的外出。与女朋友第一次约会时，我向她坦白了这一切，女朋友却觉得我这一点很可爱，爽快地同我交往了。

有一次她带我去挤地铁，在拒绝无果后，我被迫与她上了一班早班高峰地铁，我无法形容那是一种怎样的体验，过度的紧张、恐惧和焦虑诱发了我多年未犯的哮喘，那是我对爱情最初的印象。

之后，我的病情越来越重，女朋友提议带我去看医生，可我哪里也不肯再去。我告诉她，只要进了医院，我就会天旋地转，立马晕倒不省人事。也许是上一次的经历让她后怕，她便不再坚持。只有我知道，我是骗她的，因为没有任何人能治好我的病。当然我也不愿意去见医生，我讨厌医院，那对我来说是一座巨大的细菌仓库，空气中弥漫着致命的病毒，一不小心就会死在里面。

可好景不长，唯利是图的房东故意提高了房租，我无力负担，即将面临无家可归的窘境。这时女朋友告诉我，她想跟我有一个自己的家，无所谓好坏，只要能跟我在一起，哪怕是旧车库改造的也行。我怎么能让她跟着我住在旧车库呢？

所以那一天，我下决心到外面去，虽然我讨厌外面的人、空气和声音，可我是个男人，必须要为自己和女朋友找一个永久性的容身之所，同时也为了让女朋友能尽快走出我们第一个孩子夭折后，笼罩在我们生活上空的阴影。我想这是解决我们之间矛盾的唯一办法。我为自己做出的这个决定感到踏实，那意味着我愿意为某些事去负责了，哪怕这些事会让人有生命危险。

我几乎没有犹豫，便与那个矮胖男人签了房产契约，我花光积蓄买下了那幢别墅，并且与他约好第二周的礼拜天同他一道去岛上验收房子。我看着那本厚厚的合同，心中对未来充满信心。

当我告诉女朋友为她置办了一个家的时候，她惊喜地跃到我身上。那过程令我联想到了智利热带雨林间的卷尾猴，它们从一棵树的边缘跳跃到另一棵树的边缘，一生都花在飞跃眼前的树上面，有一些可能就连陆地的样子都没见过，就被它们的天敌吃掉了。

当我进一步告诉女朋友，我买下的是一座孤岛上的别墅时，她开始有些困惑。她还不知道我们要搬到一个在地图上根本找不到的地方去。我知道这对她有些残忍，毕竟她年纪轻轻的就要离开多姿多彩的生活，与我早早地离群索居。可我都是为了爱，不是吗？爱是多么高尚的一个名词，当你拥有它的时候，可以毫无愧疚地利用它去做任何事。

我便出于爱和善意，对她撒了一个小谎。我发誓，这仅仅是为了避免一些意外发生。我用近乎恳求的语气告诉她，因为我严重的神经官能症，已经不适合在陆地生活了，岛上的生活有利于我的恢复和健康，如果你爱我，就同我一起去，并同时许诺了她一个美好的未来。这其中我还隐瞒了一些我认为无关紧要的细节，比如，我并不打算再回去，同样也不打算让她再回去。

我知道这样说，她一定会同意，因为我了解她，爱在她心中是至高无上的，她愿意为此付出一切。但老实说，撒完谎后，我有些忐忑，害怕她真的拒绝我，毕竟这在概率学上也是非常有可能的。可我已经下了注，无法回头了。没想到她果然如我想的那样，答应了下来。

礼拜天很快就到了，我还记得那天起了一场罕见的大雾，天气预报里说这是一次大规模的平流雾，蔓延了半个地球，世间万物都被笼罩其中。我们跟房产中介约在一个隐蔽的码头见面，我与女朋友带着行李早早来到码头，可男中介迟迟不出现，有一瞬间我怀疑自己被骗了。更糟糕的是，如果这是真的，我不知道该如何向女朋友交代。所幸男中介终于还是来了，向我解释公路上出了场车祸，所以耽搁了一些时间。接着便站在码头上用双指吹了个口哨，些许，一艘渔船缓缓从雾气中露出来。

我拉着女朋友登上船，感到她与我一样紧张。男中介在船上向我们讲述了别墅前主人的故事，那个做生意的商人其实是走私犯，沿着漫长的海岸线将热带的椰子和木材贩卖到内陆去，可他却异想天开地跑到内陆造一个号称世界上最大的水上乐园，最终资金耗尽，欠下一屁股债，彻底失去了行踪。这幢几乎无人居住过的别墅被他的债主委托给房产中介。谁也没想到最终我会拥有它。在我深感命运的奇妙时，中介又向我们介绍了那座岛的情况，可我一个字也没听进去。后来事实证明，男中介那些用来赞美这座岛屿的话都是骗人的。

我不记得我们在海上航行了多久，只记得穿过一片又一片的雾气，在感到疲倦和绝望时，海面上起伏的轮廓浮现了出来。

　　登上岛后，海面的雾气开始退去，男中介熟稔地带着我们行走在岛屿的荒原上。很快，我们就到了目的地。别墅与照片上的略有不同，它建在一个山坡上，外表的墙皮有些剥落，进门后，玄关处立着一只梅瓶，里面插着几束嶙峋的蜡梅。女朋友尤其喜欢客厅墙壁上的驯鹿头标本，我的心这才踏实下来。男中介将钥匙交到我手上，又寒暄了几句就离开了。我站在别墅前，等到远处那艘船慢慢后退，马达声越来越远后，才拿起我们的行李，关上了门。

　　此刻，女朋友就坐在那只她曾经最爱的鹿头下面，沉默了许久，最后总算同意与我分手。我心中松了口气，想说些安慰她的话，可她却先我一步提出要求，让我带她去岛的另一边进行最后一次旅行。

　　搬到岛上后，她就一直希望能够去岛的另一头转转。很多个晚上，我们做完爱，赤裸地抱在一起，看着黑漆漆的窗外，她总是问我岛的另一边有什么。我对岛那边有什么并不感兴趣，那里能有什么？一艘豪华游轮？热闹的集市？高楼？酒吧？还是被海盗遗忘的宝藏？就算真的有这些东西，和我和她又有什么关系呢？

　　不过话说回来，我似乎对任何事情都不感兴趣，不关心父母，不关心钱，不关心女朋友是否高兴，也不关心我们死去的那个孩子。我只关心一件事，就是我能否获得快乐。现在我感觉再也无法从女朋友那里获得快乐了，所以我要她离开。或许这样显得有些自私，可我知道这样下去对谁都不好。

我告诉她，岛那边有一座废弃的信号塔。没想到这却引起她的兴趣，兴奋地跳起来，说那可是这座岛上的地标性建筑，嚷嚷着一定要去看看。她开始幻想信号塔的样子，那里可能会发生的事，开始发愁该穿什么样的衣服，该化什么样的妆去见它，甚至着手规划去那里的路线，似乎那座信号塔是全世界最值得去的地方一样。起初我对这件事一点兴趣也没有，可现在看来，这应该是我们之间唯一的问题了。她迟迟不同意跟我分手完全是因为我没有带她去看信号塔这件事。

我们约好第二天中午等我睡醒（我有午睡的习惯），吃完她为我烧的最后一顿饭，便收拾东西前往岛的另一边。我松了口气，终于要结束了。女朋友则在思考我们最后一顿饭吃什么，很快我就在她絮絮叨叨的声音里睡着了。

第二天一早，我醒来时没有见到她，身边也没有她躺过的痕迹，她似乎一夜未睡。我在餐桌上找到一张她留给我的纸条，上面说，她出去一趟，可没告诉我她去哪了。我内心惯性地开始担心她。可后来想到我们马上就要分手了，这种担心似乎也不再必要。

整个上午我装作淡定地读书，打扫卫生，拿着喷水壶侍弄院子里的羊齿蕨，收拾出发用的行李，内心不断暗示自己要保持镇定。临近中午时，我感到睡意袭来，又躺倒在床上，可我睡得一点也不踏实。一会儿，我听见女朋友回来了，佯装还没有醒，可耳朵却不时捕捉她发出的任何响动，这决定了我一会儿该用什么样的态度面对她。

没想到午餐她煮了一锅香喷喷的面条。她知道我爱吃面条，我跟她第一次约会，就是吃的意大利面，在之后的日子里，我们吃了无数种类各异的面条。我本想开玩笑活跃下气氛，让这次告别显得轻松愉快些，可一想到这是我们在一起吃的最后一顿饭，胃口顿时便萧条下来。

出发前，她花了很长时间拍照，她与牙刷、书、口红，还有无数她心爱的东西，都统统留下最后的合影。走之前，她在门口的羊齿蕨前停下，从包里取出那口她珍爱的万古烧砂锅，抱着砂锅拿着相机，背对我们住过的这幢别墅，将镜头对准这一切，露出一个可爱的笑脸，咔嚓按下快门。随后将砂锅摔在地上，把碎片与她之前包裹好的其他东西埋在了羊齿蕨下的泥土里。

"好了，我们出发吧。"她拍拍手，面色轻松地说道。

一路上她步伐轻快，充满活力，挎着我的胳膊，又开始哼唱自己编的那些无名之歌，对路过的每一样事物都充满好奇心，与所有她认为有趣的东西合影，之后再将它们破坏掩埋。这让我总是没来由地感到心慌，我也不知道自己在担心什么，下意识掏出随身携带的金属酒壶。那是男中介上次离开时偷偷塞给我的。他每隔一段时间就会带来食物和淡水，够我们食用好久，毕竟这些当初都是写进合约里的。所以我早就安排好了女朋友回去的行程，我与男中介说定，下次他再来时，帮我将女朋友带回陆地，这样她就可以重新开始生活。至于我，一个人生活在这里是再好不过的事情。

我拧开壶嘴，趁着女朋友没有注意喝了一口。辛辣的味道像是一柄淬过火的匕首，顺着我的咽喉一直插入胃里，我感觉整个人变得无比清醒。之后我将它揣回口袋，不断摩挲着嵌进酒壶边缘两侧的凹槽纹路，那种简单重复抵达的过程令我感到安心。

到达岛屿中心时，女朋友觉得有些累，我们便在一座褚褐色的火山前停下。它应该是几万年前某一次地壳运动的产物，最后一次喷发后便归于死寂。我能想象靠近喷发口的火山灰顺着山脉滚落大海中，在海水里经过漫长的冷却，坚硬无比，在无数次洋流交汇的撞击中，沉入幽深的海底。

　　女朋友坚持要在这里宿营，我无法拒绝，其实心里早就做好了这一路上答应她所有要求的准备，就当是我对她的补偿吧。我知道这实在微不足道，无法重新弥合我们之间的爱，只能抵消我心中些许的负罪感。

　　我在火山侧面找到一个岩穴，简单收拾一下，捡了些散落在火山周围的枯树枝、火山灰和石块，以便晚上生火取暖。那天傍晚，暴风雨奇迹般的没有来临，天空中都是清晰可见的星体，我很久没有享受这样平静的时光了。女朋友指着天空中猎户座、大熊星座、仙女座的形状给我看，还告诉我虫洞旅行和星际跃迁的区别。她对这些星星了如指掌，我从不知道她对天体物理学原来还有这么深的研究。接着，她又让我陪她看一部电影。她拿出手机告诉我，在上岛之前，删除了手机里所有的联系人和应用软件，唯独留着这部电影。那是一部叫《查尔斯·菲尔德》的美国电影，查尔斯·菲尔德是男主角的名字，一个同性恋诗人，他爱上一个黑人爵士歌手，可那个年代，这种禁忌之恋注定是场悲剧。最后两人相约逃到别的国家去，但黑人歌手食言没有赴约，痛苦的查尔斯在美国与墨西哥的边境小镇结束了自己年轻的生命。标准的好莱坞式电影，她却说这是她最珍爱的电影——我以前从没听她跟我提过这部电影，或许提过，但我忘了。她说这部电影对她有着非比寻常的意义，它教会她什么是人生，以及如何去爱。我听上去多少觉得有些刺耳，但并没发表任何意见。

她一晚上不停跟我讲话，似乎想把一辈子的话全部讲给我听，最后我实在受不了她这样喋喋不休的态度，觉得整个人快要爆炸了，不得不打断她。等她终于安静下来后，我问她白天去哪了，她说只是在岛上随便转转。以我对她的了解，她不可能只是随便转转，她肯定做了某些对她来说至关重要的决定。可我没再问下去。她也可能只是需要时间去接受我们分手这件事，不过无所谓了。

第二天，我们穿过火山后，终于来到岛的另一边，一个黑点出现在空旷的视野内，那应该就是信号塔了。女朋友停下来，长久地注视着它。很快，我们又走了一段路，信号塔出现在眼前。

整个塔锈迹斑斑，一侧陷入沙坑，另一侧则被成群的海鸟占据。海鸟们在礁石堆和金属架的缝隙间筑起数量惊人的巢穴，我们脚底下是经年累月堆积起来的厚厚一层的鸟类骸骨，踩上去会发出骨殖碎裂的清脆响声，陌生人的到来显然引起海鸟们的注意，无数双眼睛注视着我们。

我下意识拉住女朋友，可她却大步朝前走去，我还没来得及阻止，她便不顾一切地徒手爬上信号塔。在塔上筑巢的海鸟们受到惊吓，扑棱着翅膀，成群飞到空中，遮住她纤细的身影。等海鸟们重新有秩序地盘旋在空中时，我看见她已经站在信号塔的顶端了。我仰望着她，她兴奋地冲我挥挥手，让我也上去。

我有些笨拙地抓住通往塔顶端一截又一截窄小的铁梯，爬得缓慢而焦虑，不知道在那里会发生什么。我的心跳越来越快，爬到一半时，我停下来，梯子上面被风干的鸟粪令我分心。等我终于气喘吁吁坐到她身边时，她握紧我湿漉漉沾满污垢的手心，靠在我肩膀上。我看见远处的云层层叠叠，风暴一如往常那样开始聚集起来。

不一会儿，她掏出那台精心准备的相机，充满笑意地说，一起拍张照吧。这时，海鸟们鸣叫着降落在我们周围，那一刻，我看见她终于又恢复了昔日的美丽。

猫科动物

李元想养一只猫，这是他们早就计划好的。但至于挑只什么样的猫，一直以来都让他们争论不休。她只说要养一只可爱的猫，可这世界上可爱的猫太多了，到底是哪一种呢？也许是一只美短，也可能是只懒洋洋的卷耳，或者，她说不定想要只机器猫。

李元对他们的将来有一种执念，就是无论如何，家里也要养只猫。似乎在她的生活里，猫跟鞋子、口红、音乐和料理一样，对她来说都是必需品。但说实在的，他对此一直持保留态度，他不是很喜欢小动物，也谈不上厌恶，他只是觉得这会令生活变麻烦。因为他知道，要是在家里养只宠物的话，除了工作以外，还要花时间照顾它。他觉得自己并没有做好这样的准备。

李元跟他不一样，她想把一切可爱的事物抱回家，但她很少考虑这样做的后果。在她的想法中，养一只宠物的概念，等同于多了个玩具，玩具怎么会吃喝拉撒？虽然，他跟她也认真说过，如果要养宠物，必须要做好负责到底的准备。她答应得很爽快，他却仍是将信将疑。因为他觉得，真的养了一只猫，她是不会去做这些曾承诺过的事，他无论如何也想象不到她那双漂亮的双手铲猫屎的样子。

简单来说，他觉得她太任性了。可他又觉得会不会是自己将问题过于上纲上线了。或许她这样的年纪，习惯逃避责任只是天性使然。他拿捏不好分寸，内心一直很矛盾。在养猫这件事上，他承认是对她缺乏信任的，他在分手后为此内疚过好一阵儿。两年来，他总在绞尽脑汁地想办法让她变得不那么任性，可却总在她内心的固执面前败下阵来。唯一让他感到轻松的是，在分手后不久，除了伤心以外，他还有些庆幸自己至少不用去处理感情以外诸如猫归谁这样的麻烦事。

在后来相处的日子里，他逐渐发现强行改变一个人的想法，这样做本身就是一种错误。当然，他也能感觉到李元在其中隐秘的退让。于是他们的争吵慢慢变少，关系越来越稳定。李元说，她已经习惯他了。他听到这句话，心里甚至生出一种可以跟她一直就这样走下去的侥幸想法。后来跟李元分手时，他才明白自己以前的想法有多幼稚。

　　他恍然大悟，他认为的稳定，正是他们之间问题的症结。对年纪只有二十出头的李元来说，这样的稳定，本身就是一件很可怕的事，在她正准备奋不顾身去迎接这个新世界时，却发现在感情上已经提前丧失了很多选择的可能性。她说不定已经清晰地看见了自己未来某个时期的模样。过于清晰的画面，令她沮丧、不甘，但又无法割舍他们之间的感情。她陷入纠结、焦虑和矛盾中，所以到最后，决定都是他做的。

　　想到这，他有些自责。怪自己没有早点察觉她的变化，他为自己的粗心感到懊悔。但仔细想想，这一切都是有迹可循的，比如她开始对亲吻的敷衍和抵触，还有越来越心事重重的样子。但每一次，他都以为自己已经把问题解决了。但事实上问题越来越多，最终两人像一列火车，还没有抵达目的地，便脱了轨。

　　所以，两年来他们自始至终都没有养过一只猫。那么问题出在哪呢？

　　后来，他也反复想过这个问题。他觉得问题还是出在自己身上。有一次，他从朋友那搞到一本分类很细的宠物猫图集，上面注明了猫的品种、产地、价格、性别，以及一些养猫的小技巧。他问李元，我们到底养哪一种呢？她却总是露出贪心的表情，细长又好看的手指缓慢地在书页间徘徊不定。

他不懂她在犹豫什么，她只需要挑里面任何一只猫，哪怕她想要两只，或者三只，他都会满足她。可她并没有，这令他感到头疼。更让他头疼的是，在一起两年多，他以为已经足够了解她，甚至在某些方面，他觉得自己已经看穿李元的灵魂，可是现在，原本笃定的想法有了松动。他并非很支持她养猫，只是在他们的关系中，他忍受不了令他不确定的事，他只想摆平它。

他曾经偷偷跑到附近的宠物店，问老板有没有可爱的猫。老板向他展示了辉煌的猫舍和养尊处优的猫群，告诉他，它们全都是可爱的猫。可他不爱做选择，他看着那些可爱的猫，要从中挑一只让李元满意的出来，这种想法本身就令他感到焦虑。

抱歉，还是算了吧。他最后跟老板这样说道。从此之后，他和李元就没再聊过这件事。但李元还是喜欢将与猫有关的照片和表情全部发到他的微信上，然后问他："是不是很可爱！"

那时候他觉得最可爱的是李元，是她结尾所用的感叹号。他通常的回答都会顺着她，他知道李元喜欢这样的回答，那能使她高兴一整天。他愿意为她的快乐去做任何事。但他也担心这样长此以往会不会宠坏她。于是，新的问题又来了，有时他自作主张地转换成一种更严厉的身份，在一些敏感问题上，他觉得对李元可能太苛刻了，这也是让她后来对他的期待降的越来越低的原因之一。

他承认，在与李元相处中产生的问题，自己没有处理好，甚至可以说处理得很糟糕。只是那时候，他控制不了情绪，无法像自己认为的那样去成熟理智地面对。李元嘴上虽然不说，其实心里的变化已经在慢慢累积，可能这些变化就连她自己也不清楚。而他以为，李元既然习惯了他，就应该能忍受他的脾气，后来他为这样的傲慢感到羞愧。

在他们这段关系最后的半年里，两人见面的机会越来越少。李元即将毕业，又面临考研，而他同时也在为自己未来的前途忧心忡忡。这些年，生活对他的消磨，让他没法像年轻时那么自信了。在各自人生的转折点上，他们两个变得越来越陌生。每次李元回上海，他去接她，她都会说，我觉得你好陌生啊。他以为那只是她开的玩笑，只要他们度过这段难熬的时期，一切都会好起来。

他们曾经一起看过一部 BBC 拍摄的纪录片，是讲猫科动物的。里面说，如果不是猫科动物利用气味传递爱的独特能力，根本不可能完成长距离的恋爱任务。那时候，他还调侃说，我们这两个狮子座，看来很适合异地恋。他不记得李元当时说了些什么，只是后来，当他们就连见面的机会也少得可怜时，他忽然想起自己当时开过的玩笑，有种一语成谶的感觉。

他比李元大七岁，按理说应该更成熟，但后来才发现高估了自己。尤其是跟李元分开后，纷至沓来的狼狈让他措手不及。此前他一直是在朋友间那个对感情侃侃而谈的"智者"。没想到轮到自己时，就连出手招架的能力都没有。那段时期，他总是想起李元回头看他的样子，她在书店认真看书时的侧脸，她舔冰激凌时满足的表情。对，她喜欢吃甜食，她告诉他如果可以每天都拿蛋糕和巧克力当主食就好了。他摸摸她的头，说，所以啊，你才会长那么多蛀牙，她不服气地冲他"哼"了一声。他曾经送给她一根项链，项链上坠着一颗被揉成团的糖纸造型的银饰。还记得他告诉李元，希望爱吃糖的你，未来的人生可以一直甜下去。就算是现在，他都觉得这句话是送给她最好的祝福。这些画面在他的脑海中始终挥之不去。但他也知道，终有一天，这些东西也会消亡。

他想起两年前初冬，第一次见李元时的情形。

两人约好那天下午两点见面。他早早便等在地铁站门口，心里有些忐忑。但表面上，他装作漫不经心地在人来人往的街上踱着步。每当地铁口有女孩出来，他总是猜测，哪个会是她呢？后来，当一个白皙娇小的姑娘穿着一件军绿色的男士飞行员夹克迷迷糊糊出现在他眼前，他才认出她。他记得那件夹克，她在给他发过的照片中穿过。那是时下在女孩之间流行的款式，但由于尺码原因，过长的袖子遮住了她的手。她谨慎地看了看周围，又掏出手机确认了一下自己是不是来对了地方，最后才看到站在不远处的他。

他们接上了头。就像是一次战争中的秘密任务。后来两人共同回忆初次见面的情形，却总是出现一些偏差。比如李元说，那时他的身材跟现在看起来一样，但他坚持当时更瘦些。他承认这两年，自己确实长了一身膘，看来恋爱使人发胖是个不争的事实，况且体重秤上的数字也不会骗人。而李元也会辩解，第一次见面之所以让他觉得自己有点迷糊，是因为没戴眼镜的缘故。不过，没人会在意这些琐碎的事，他们就这样顺理成章地在一起生活了两年。

在一起的半年后，李元才提出要养猫的请求。他问李元为什么喜欢猫。她说，因为可爱呀。他又问，那你为什么喜欢我呢？她说，因为你也可爱啊。

那时他觉得"可爱"怎么能成为一个答案呢？它不具体，虽然可以用来形容任何东西，但假如有一天李元爱上其他男人，也可以说那个男人"可爱"。这样的回答，他并不满意。他需要一些能让他心里踏实的答案。后来，他又好几次问李元这个问题，可是无论怎么问，李元都是同样的回答。他只能放弃追问，他忽然觉得，也许李元说的是实话。他没想到，自己居然接受了这样无厘头的答案。

另一方面，他越来越确定自己是爱李元的。他回忆跟她在一起的日子，确实为李元改变了很多，甚至在一些观念上他也逐渐选择包容。在此之前，他对于爱的迷惑程度，可以形容为，像是独自在大雾里去找一枚谁都没见过的宝石。他觉得爱是某种坚固且显而易见的东西。后来他认识了李元，发现爱根本不是一枚宝石，而是这片雾本身，是考验，是选择，是反复确认的过程。那一阵子，他为找到了答案而感到欣喜。

在李元面前，他觉得自己掌握着某种秘密武器，足够有资格去爱她，并与她一直走下去了。那是他有史以来最自信的时刻。

可当分手真的来临时，他没想到自信崩塌得这么迅速。当李元告诉他，不想跟他结婚时，他的大脑一片空白，像是被猝不及防地塞进了一团棉花。

他试图冷静下来，强装镇定问她，是不愿意跟他这个人结婚？还是心理上没准备好结婚？李元犹豫了一会儿，说她不知道，接着又说，可能两者都有吧。那一刻，他忽然觉得李元从自己身上剥夺了某种权利，他感觉陷入巨大的深渊里，努力仰头望着她，可怎么也看不清她的模样。

其实，他并不急着结婚。但他清楚自己心里是想要跟李元走到那一步的。为了避免给她压力，两年来，他谈论关于婚姻的话题，屈指可数。李元此时的态度让他觉得一种巨大的危机正向他压迫而来。

他很讨厌李元现在的样子。每当谈到他们之间感情的问题，他都感觉她变了一个人。冷漠、客观，仿佛在谈论的是与她不相关的事。而他则总是情绪失控的那一方。在这一点上，他除了觉得自己不成熟以外，也能感觉到李元本能地封闭了自己的情感，将他拒之门外。所以分手终究还是他提出来的，她在电话那头一声不吭，默认了他做的决定。

他们分开后的第一周，他将自己的牛仔裤拿去洗，翻口袋的时候，发现两张作废的电影票根，他将两张票根揉成纸团丢进垃圾桶。但没过一会儿，又后悔了。于是他蹲在垃圾桶前，从腐败的果皮、酒瓶，还有坚果壳儿里将那两张票根重新翻出来。

那天是圣诞前夜，他们以情侣身份最后一次去看电影，但那时他并不知道，她也不知道。看的是陈凯歌的

《妖猫传》，李元看过原著，曾向他推荐过梦枕貘的所有小说。每次他都只是应付几句，嘴上说有时间会读，但其实根本没打算那么做。也许李元早就看清他这一点，所以后来就很少再给他推荐类似的书了。

看完电影后，他们走在回家的路上。他搂紧李元，说，今年冬天真冷啊。她突然用冰凉的小手伸进他的衣服里，他被她手上的凉意弄得打了个哆嗦，接着一把抱住她，像是准备要惩罚她的恶作剧一样狠狠瞪着她，可最后，他只在李元额头上轻轻吻了下。

之后他们一路慢慢朝不远处的车站走去，那条街因为在施工，有些路灯被暂时熄灭了。在昏暗的树影下，她展开双臂，歪歪扭扭地沿着马路边缘走着，他担心过一会儿她没站稳摔下来，寸步不离地跟着，不时嘱咐她当心脚下。走到路口时，她忽然停下，自顾自地点点头，像是一件事思考了很久，终于做了决定一样。

她告诉他，知道自己要养一只什么猫了。他有些诧异，但很快又问她，是什么样的猫？她说，就是刚才电影里那只黑猫呀。他问为什么，她说，那只猫多好啊，因为爱，可以不要结果，一直无条件的陪在爱人身边。

那时，他没意识到她在说什么，觉得她想得还是太天真了，所以没当回事儿，只是接了句，电影而已。

那天晚上，他们回到家后，李元像往常一样，累得一下子躺倒在卧室床上。他看着她，摇着头笑了笑，接着去厨房热牛奶。过了会儿，他听见李元懒洋洋地窝在床上轻声喊他的名字。这时他觉得有些冷，才意识到厨房的窗户没关，他走过去想关上它，可当他站在窗前时，却感觉，屋子里似乎有什么东西，已经静悄悄溜走了。

化石

每天下午四点左右，我会见到那个女人。

通常这时我会在心里默默倒数十下，第十下的时候，我就能从地铁的通道口看到她朝我走来。老实说，这是我乏善可陈的生活里不多见的乐趣。

女人和这个城市里其他的上班族没有什么两样，个子不高，沉默寡言，挎着一个黑色的人造革皮包，说起来，不光是包，她整个人都给我一种暗沉沉的感觉，仿佛一片百万年前的泥沼。可这并不影响我对她的兴趣。每天这时候，女人都会来便利店里买上满满一包口香糖，在没结账前，她就会拆开一包，往嘴里放一片儿，快速咀嚼起来。说来也怪，她嚼口香糖的时候，我发现她整个人会变得与之前不一样，但我也说不上来到底哪不一样。

她嚼完后，像是得到了什么东西的滋润，重新被注满活力，对着店里唯一那扇被我擦得锃亮的玻璃门看上半天，将头发、嘴唇、眼睫毛又精心打理一番。每当这时候，我都会从玻璃门反射的镜像中盯着她的嘴唇看上半天，它血色充足，像重新涂了口红，饱满得想让人上去咬一口。

这家便利店花光了我所有的积蓄。确切地说，那是父母留给我的所有财产。他们一定没有想到他们的钱会变成现在这么一个四四方方，货架上摆满用来满足人们各种欲望的货物的地方。

父母期望我能够赚大钱，以后可以衣食无忧。可我并不这么想。我胸无大志，除了每天幻想，便是翻店里那些滞销过期的杂志。除此之外，我还是个没耐心的人，便利店开了一月有余，我就想将店面转手卖掉，并且已经找好了接手的下家。等拿到最后一笔钱款，我就可以出去见见世面，至于以后的生活，我确实没有仔细想过，也并不打算花时间去考虑它。可女人的出现，让我改变了主意。

有一天，她很晚才来店里（已经快接近凌晨了），我正准备拉下卷闸门的时候，看见她独自一人向这边走来。她看上去疲惫不堪，像被什么抽干了全身的活力。她走到我面前，询问我能否再让她买些东西。我想了想，觉得没什么问题，便松开了抓着卷闸门的手。

在货架前，女人照旧挑了很多不同口味儿的口香糖，接着放到我面前的桌子上，掏出钱包准备结账。我想这是个认识她的好机会，便做主将那些口香糖都送给了她。并表示可以送她一程。她没有拒绝，笑着点了点头。

那是凌晨的街道，我们走在橘色路灯下，她一路上不断嚼着口香糖，一块接着一块。我看着她，能闻见她起伏的呼吸间夹带着香甜的蓝莓味儿，我也喜欢那个味道的口香糖。她像是看透了我的心思，从口袋里掏出一块口香糖，伸到我面前，问我要不要来上一块。我看见她的指甲盖上涂着鲜红的指甲油，之后我从她手里接过口香糖，拆开包装放进嘴里。我感到口香糖的甜味儿迅速在我的味蕾间扩散，令我愉悦起来。

过了一会儿，她慌乱地翻弄着背包，寻找着什么。我问她怎么了，她说没有口香糖了。我表示这并不是什么了不得的事，回头我可以再给她从店里拿点。她没有理我，开始焦急地四处张望，最终将目光锁定在前方不远处的一家便利店，跑向那里。

我跟着她也进了店里，起初她还保持镇定，但随后她把整个店里的口香糖全部拆开，塞进嘴里，疯狂地嚼起来，并不断地吐出泡泡，破裂、膨胀、破裂，继而循环往复整个过程。最后她整个人像失去了支撑，倒在地上，那样子令我想到了搁浅在地板上奄奄一息的金鱼。我将她抱起来，女人的身体轻盈，像一条无脊椎生物，每一次呼吸都衰弱得像是要随时死去。

我抱着她回到家中，将她放到床上，她还在不停吹着泡泡。我毫无办法，只能默默数着泡泡的数量，当我数到第四百二十一个的时候，她长长出了口气，像是把心中淤积许久的东西全都释放了出来。我摸着她布满细密汗珠的额头，像块冰一样，我给她倒了些温水，她一口气喝了下去。

过了会儿，她看上去好些了，开始与我交谈，并告诉我，她有严重的焦虑症，嚼口香糖可以让她缓解焦虑。我问她焦虑什么，她想了想，便从胸前掏出一块石头。石头挂在她的脖子上，我竟然一直没发现。

她告诉我，她摆脱不了这块石头，它就像长在她身上一样，无时无刻不在提醒它的存在。最初这令她有些惊恐，不过后来就渐渐习惯了。只不过从那时起，她每天就毫无缘由地嚼大量口香糖，那使她获得某种力量和源源不断的快乐。

"不过，我有种感觉，我能感受到那些快乐全部流进了这块石头里，它似乎也喜欢甜食。"

说到这，她居然露出了某种无法言明的笑意。

此时，我仔细端详石头，那是块真正的化石，长时间与女人的肌肤厮磨，泛出细腻的光泽。石头里面有一具未知生物的精巧骨骼，像是昆虫，又像是深海鱼类的样子，可能是某种史前生物，但我从未见过。我伸出手想摸摸石头，可女人却将石头握在手里，迅速往后缩了下。

"如果它令你焦虑，那你为什么不把它扔了？"我将手收回来，说道。

她听了这话，便将那块化石重新放回胸前，那动作像是放回自己宝贵的心脏一样。

"扔或不扔，改变不了什么，不是吗？"

她的回答令我有些意外。

"你还有口香糖吗？"

我耸耸肩，说没有。其实我撒了谎，口香糖就在我牛仔裤的口袋里，但我并不想给她。随即她从床上下来，说不能在没有口香糖的环境里停留太久，她得离开。我看着她，像看着某种光线的尽头。

那天晚上之后，我决定留下来，留在这座城市。我将钱分毫不差地退给之前盘下店面的买家，打算继续在熙熙攘攘的人群中贩卖满足人们欲望的货物。后来，我还是偶尔会看见她来买口香糖，但并不像以前那样频繁了。或许她怕我提起那天晚上的事，刻意减少与我见面的次数。但她还是会朝我微笑（那种无法言明的笑意），除此之外，不再与我多说一句。

　　每当这时，我总是想起她胸前的那块化石，我知道，它就在那，在她漂亮挺拔的双乳之间，看着我。

安河泾水怪

安河泾是离我住所最近的一条河流，它是长江一股不知名的支流。就像所有庞大纷繁的家族总有几个被人遗忘、发臭、腐烂的私生子一样，长江也不例外。或者说从长江诞生以来，私生子便遍布整个陆地，你无法知道这其中藏着多少秘密。

那些在安河泾深处卷起泥沙的暗流不停地运动，顺着存在了几个世纪的河道、沟渠、山涧和瀑布，不知疲倦地向前流去。但凡这种无人问津、颜色浑浊的河流，都漂浮着绿藻和垃圾。安河泾也一样，与上游那些注定要汇入大海的水脉不同，它平静沉默，像一潭死水（仍在缓慢流动）。

河上有一座桥，人们叫它"安河泾桥"，再没什么比用一条河的名字给桥命名更省事的了。桥是两年前造的，在这两年间，这座桥是这里唯一的建筑物。那时我还没有搬来，在一个名为"金银山"的地方艰难生活，那里垃圾遍地，臭气熏天，噪音嘈杂。我在其中的地下水道中出生，可这个世界迎接我的方式并不那么友好，住在那里的人们将前一晚排泄的粪便和生活污水倒在街上，顺着下水道流进我黑暗中的藏身之所，有些秽物还挂在下水道的隔断上，这让整个街区都散发着难以忍受的恶臭。尤其是在夏天，炎热裹挟着恶臭袭击每一个经过它的行人，而我第一次闻到了来自这个世界的味道。终于，在度过了无数个被袭击的日夜之后，成年的我终于不愿再躲藏于幽暗之中，决定搬走，开始一种新的生活。

我在这个城市里寻找落脚之处，从炎热的北部，一直到寒冷的南部，最终在拥有亚热带季风气候的安河泾停下了脚步。这里人迹罕至，我被这里夜间舒适的风和荡漾的小河吸引，它令我看到了一种向往的自由，我可以在河里畅快地游弋，可以在桥上富有规律地爬行，还可以倚靠在桥上闻河水里散发的轻微臭气。

我讨厌臭味儿，但在"金银山"生活多年，反而令我对臭气产生了依赖。在来到安河泾最初的那段时期，我还是产生了戒断反应，是靠着河里散发的臭气才安全度了过来。这是我生命中诸多不可更改的命运之一，当我认清它时，第一次感受到了"金银山"烙在我身上不可磨灭的印记。

有一阵子我对桥本身产生了兴趣，它是一座单拱桥，拱洞的直径几乎与桥的跨度一样长，我有时候怀疑，人们建造这座桥是有着不可告人的军事目的，水下可能是个隐蔽式的潜艇码头。在夜间，潜艇经过这里，缓缓潜入水下，通过入海口进入广阔的海洋巡游。我为自己的猜想感到兴奋，还花了数个晚上偷偷躲在桥洞下观察，但是那里却没有任何动静。在沉寂的夜晚，安河泾更像一面镜子。

桥面并不像其他桥那样是钢筋混凝土结构，那是完整的一块巨石。我不知道人们是怎么做到的，巨石来自哪里？人们如何切割它？这些问题我一概不知。我只知道这块石头令我愉悦，但心中又经常生起疑惑。如果我到过埃及，见过狮身人面像和吉萨高原的金字塔，说不定会理解它出现在这的原因。

这块巨石横亘在安河泾上，每当我贴着光滑的桥面移动，总有种漂浮在湖面的错觉。似乎，我摆脱了地心引力，在这条小河上空攀升。现在我明白人们为什么要用一整块巨石建造它了，阳光在这里抵达终点，被光滑的桥面折射得到处都是。这里形成一个更立体的空间，由碎片一般锋利的光组成，你能躲进任何一片里面待上一整天。我庆幸只有我发现了这座桥的妙处，为此，我希望独自享有它。

过了桥，再走一段路，就是我住的地方，一座被废弃多年的水上乐园。乐园原本属于一位来自南方的商人，他有一艘巨大的三桅帆船，船的龙骨仿造 17 世纪时消失的著名黄金船——"礁石皇后"号（它在最后一次航行中陷入潮湿的风暴中，至今下落不明）。帆船内部的基础设施以及航行系统、雷达、发动机用当今最先进的技术打造。商人宣称这是一件艺术品，一件杰作，他要款待所有登上船的客人。如果你站在二楼，可以看清楚，船厅的大理石地板拼成一块巨大的世界地图，上面雕刻着帆船走过的所有航路。所有来船厅参加舞会的客人跳舞时，轻盈的步伐在经纬度间腾挪，凡是登上过船的人都称赞商人拥有一流的品味和高尚的人格。

可事实上，他却以供人参观旅游的名义用船进行走私生意，在偏远漫长的海岸线将盐、面包、纯净水布施给当地的穷人、乞丐和遭人遗弃的孩子。让他们为他营造雄伟的雕像，为他画像，传颂他无私的恩德。

他矮小精瘦，有两撇精心修剪过的胡子，像所有拥有财富的人一样，眼中透着精明和野心。帆船载着他的财富和画像顺着热带的洋流一路来到这里，在这里向所有人宣布，将建造一座史无前例的庞大水上乐园，所有不快乐的人在这里都将获得赦免。可当乐园快要造好的时候，资金链却忽然断裂，不久，商人失踪了，那艘三桅帆船也跟着消失了，没人知道他们的下落。水上乐园便被弃置在这荒野中，日复一日。

当我发现这破败的乐园时，立刻爱上了它。这里太适合我这样的异类居住了，在这里没有人会打扰我，我将按照我的方式自由自在的生活。这里与"金银山"不同，那里狭小逼仄，人与人之间没有秘密，更不存在敬畏与恐惧，在那里，活下去才是所有人的信仰。

而在这里，当流火四溢的太阳升到天空，我躲在乐园建筑下的阴影中贪凉时，尝到某种与"金银山"不一样的东西。它根植于更古老的历史中，那里挤满了人类在面对未知时的本能，足以让我不受打扰，好好在这里度过平静的一生。

晚上，我回到商人的办公室（那里现在成了我的卧室）。那是一座拱券式结构的房子，四根立柱支撑着它，抬头就可以看到深邃的穹顶。上面描绘着魔鬼与天使燃烧了天空与大地的战争，从穹顶一直蔓延到四面的墙壁上。其中一扇正对着桌子的墙壁上刻着整个乐园的建造草图，剩下三面墙壁都被巨大的书架遮住，上面的书和装饰品都是商人远航时从世界各地收集而来的。有些书中的语言已经从这个世界消失很久了，书页破损不堪，书角重叠着早已干透、油腻腻的指纹。

　　我研究了一会儿，确定无法读懂它们，便将书放回原处。还有一些书上面记录着奇形怪状的星宿和复杂的计算公式。有些我辨认出来是一些经纬度，但无法明白它真正的含义，或许是商人藏匿宝藏的地点，也可能是他航行途中的补给站。可这只是毫无根据的猜测，我永远无法得知这些数字后面隐藏的秘密。

　　我在商人的储藏室里发现了一整排大小不一的玻璃罐，里面都是一些奇异生物的标本，浑浊的福尔马林令它们透着绿光。商人离开的时候一定很仓促，要知道，将这些标本全部带走可是个大工程。我看见有些格子空着，他一定只带走了特别喜爱的那几个罐子。

　　在海上，孤独常常会侵袭那些敏感的人，令他们发疯或使他们的语言退化，最后他们只能用低沉的眼神交流，你只消看一眼，便能从人群中分辨出他们。我明白像商人这样的人总有办法抵挡这些来自海上的危险。他将从大海深处沾染的幻觉、梦境，以及风暴般的内心都释放在这间储藏室里。这是一座隐秘荒芜的宫殿，存放着他疯狂孤独的骨骼。

　　我经过一排又一排的陈列架，仔细观察每一个罐子里的生物。有一些是热带岛屿上空盘旋的鸟类，它们仍旧保持着坠落时的姿态，有一些是深海的怪鱼，散发着海底的幽暗。我喜欢它们的尖牙。也许是我自身的原因，我对进化充满了兴趣，我盯着那些尖牙想象它们在万古的岁月中变换不同的形状。这些罐子基本涵盖了所有生物界物种，还有些前所未见的生物，这令我很兴奋。我穿行于这些罐子间，试图找到与我诞生有关的线索。可我仔细找了好几遍，仍旧毫无头绪。于是我将希望放在了商人带走的那几个罐子上，我总预感这座乐园，这间满是标本的储藏室，出现在我的生活里并非巧合。它一定带着某种指示，某种尚未清晰的答案。在这方面我有着过人的天赋。

在我来到乐园之前，我从未想过我会有同类这件事，至少我从没抱过这样的希望。迄今为止，哪怕我翻阅了达尔文的《物种起源》，以及所有关于自然界生物门类、纲类、属类的书籍，我都没找到属于我的族群和归属。我的父母或许从未存在过，我只是从"金银山"那个糟糕的地方凭空诞生的一只怪物。我是那仅有的百万分之一，是起源，也可能是终结，是所有偶然巧合的碰撞才塑造了我，一个没有过去，也不见得有未来的水怪。

但我至少活下来了。对于"金银山"的人来说，活下来才是最重要的，活下来意味着你仍旧可以饱含激情地对待每件事，意味着你可以牺牲除此之外的一切。人类的这种本能充满了自欺性，他们喜欢用那些虚假的希望来装点早已麻木的心灵。

我对乐园的所有权，在一伙儿钓鱼的中年人到来后被打破。

起初我以为他们只是来这里临时垂钓，第二天就会离开，并且不会再记得这里。可我想得太简单了，他们第二天、第三天，此后的每一天，都出现在我的视线中。这些臃肿的渔夫用小臂长的铁钳破坏了乐园外围的保护网，在乐园的水池边支起帐篷，将铁钩凿进泥土，用来固定鱼竿的位置。他们肆无忌惮地喝酒大笑，这对我来说是一种难以忍受的挑衅，打破了乐园、河水和我之间原本融洽的关系。我知道必须赶走他们，我不喜欢这些中年人身上行将衰老的臭气，那是过度使用时间的副作用，就和借了高利贷一样，期限一到，你总要偿还点什么。绝望早已渗透他们的躯体，我轻轻嗅一下他们身边的空气，便知道他们是什么货色。

我曾吃掉一位落水的年轻人。那时候我已经三天没进食了，在河流中像只无头苍蝇般乱窜，这时候头顶的水面炸开一朵花，我知道有东西掉下来了，便游了上去。那是个男孩，20 岁上下的样子，如果换作是几天前，我或许会问问他为什么掉进河里，但是现在，我急需填饱肚子，一口便将他完整地吞了下去。一开始，我感到胃里充盈着饱胀的幸福感，但渐渐开始被恐惧填满，那是只有年轻人才拥有的恐惧。

哦，真是一个傻孩子，我这样想着。不过他好歹救了我的命，我出于感激之情，事后将他的骨架从胃里吐出来，只保留了他的头骨，至于其余部分，我埋在了河床底下。如果幸运的话，很多年后，当地壳再一次运动，河水缓缓退去，露出崎岖的地层表面，它们会作为化石重现于世。

我将他的颅骨带回家，用来装饰我的书案，它更像某种战利品，意味着荣耀，残酷的终结。在千百年的战争中，勇士们手握屠刀将敌人的首级割下，把它们带回家乡，做成酒杯和饰品。在死去之前的漫长岁月中，他会不断告诉你，他拥有多少敌人的头颅和从未离去的噩梦。

是的，如今我感受到了那股古老的气息。我用清凉的河水为年轻的头骨清洗它的污渍，仔细端详它坚硬的纹路。要知道，当我明白我与人类不同，是一只水怪后（我是这么称呼自己的），便失去了对人类骸骨的敬畏，身体某些器官的进化（比如鳞片和尖牙），令我丧失了恐惧。甚至可以说，我感到自己就是恐怖的化身。

午后，每当乐园的水面上泛起粼光时，我总是沿着伸进卧室里的枝丫，爬到参天的树冠顶端晒太阳。我喜欢这时候思考一些事，比如身份、同类，那些令人感慨又虚无的东西。它们总是提醒我，我是谁，我该做什么。在这一点上，我想我继承了人类的某些焦虑和多愁善感的特征。哦，一只忧伤的水怪，这真是个笑话，我不敢再这样想象下去。不过，这让我怀疑我至少有一半人类的血统，毕竟我虽然长着鳍，全身覆盖坚硬的鳞片，可我能直立行走，能说一口流利的人类语言，能分辨这个世界的色彩。每当我抱怨生活在摧毁我时，是眼前缤纷的色彩平息了我心中的愤恨，让我安然活到现在。

我趴在树冠上，俯瞰整个乐园的景象。左侧是一片破败的棕榈林，商人将它们的种子从热带岛屿带到这里，并像他期望的那样长成了充满异域风情的林子，在风中成片地摇晃，引诱那些啧啧称奇的游客。而此刻，它们宝剑一般锐利的叶子失去了光泽，在无人知晓的黎明断裂。

树林一旁原本是水上游乐场，有巨大的圆柱形滑梯、陡峭的跳水台和海盗船模型。那里本应该充满尖叫和欢声笑语，如今却只剩下一摊发臭的死水，上面漂浮着建筑材料，以及一万年也不会降解的塑料玩具。它们在夜晚会变成若干阴影，顺着夜间的风游荡于其中，就连我也不愿意到那里去。右边是餐厅，入口处做成某个风靡一时的卡通形象的脸，夜色降临时，风从它的口中穿过，你能听见类似阴冷幽魂的叹息。我觉得这是整个乐园最失败的设计，甚至觉得乐园之所以被荒废，很大程度是因为这张令人不安的脸，它诡异地注视着每一位来这儿的游客，这显然不会博得游客们的好感，更不会让他们将钱乖乖从口袋里掏出来。

那天午后，下了一场暴雨，可三个中年人仍旧如期而至。他们熟稔地穿过铁丝网，披着雨衣坐在属于他们的位置上挂起鱼饵，抛出完美的弧线，让鱼漂从水面浮起。我忍无可忍，便潜伏在水底，等待一个时机。当闪电划过天际的时候，我跃出水面！起初他们以为钓到了一条大鱼，可随后，他们被我的模样吓坏了，大声叫着："怪物！怪物！"我打心底感到畅快，我喜欢看他们惊恐的眼神，那意味着这场争端的主动权落到了我手里，我只需装模作样嘶吼几下，或是张牙舞爪地冲他们做个鬼脸，说不定就能将他们赶走。可我没这么做，因为我从中发现了乐趣。要知道如影随形的孤独令我的生活早就失去原本的模样，但只要有机会，我都会不顾一切地去焕发它的活力。现在就是一个机会，我决定吃掉其中两个人，留下那个戴黄帽子的中年男人，因为他看上去似乎有点学问，或许可以帮我翻译商人留下的一些笔记，看是否能找到关于消失的那几个罐子的线索。

中年男人曾是位教授，在一所福利很好的私立中学教地理和历史。可因为猥亵一个女学生，被学校发现后，永远失去了教育下一代的资格。他向我形容那是一种被剥夺了生命的体验。他原先不觉得，但是那一刻，他们向他宣布的那一刻，他感觉自己体内什么东西燃尽了，他感到绝望，感到自己正在死去，就像被绑在中世纪的火刑柱上慢慢烧死。

中年人都是绝望的生物。他向我诉说这一切的时候，我正在收拾他另外两个同伴的尸体，这令我很苦恼。要知道，我吃掉他们并不是因为我喜欢吃人，其实我一点也不喜欢人肉的味道，我更喜欢生鱼和刚被开膛破肚的老鼠，它们的肉松软可口，而人肉充满苦涩。

最后，我让教授将他的两个同伴葬在乐园正中央的商人雕像下。教授站在新挖的墓穴里，眼镜上沾满雨水，他将两人的尸身拖下去，从坑里爬出来，用土重新填满。他在做这一切的时候，我正专心盯着雕像，商人的姿态令我着迷，他的头顶戴着一顶灰色的王冠，双眼凝视着夜空。可惜的是，雕像手里原本攥着什么东西，现在却不翼而飞了。这并不影响我对他的观察。此后几天，只要一有空，我便来到乐园中心观察它，这似乎成了我生活中一项固定的仪式。我并不清楚我能从观察中获得什么，可雕像的姿态确实唤起了我心中的渴望，我对此感到紧张又亢奋。

我领着教授回到办公室，交给他几本笔记，让他帮我翻译里面一些字句的含义，寻找那几个消失的罐子的线索，他对于我能说一口流利的人类语言感到惊讶，暂时忘却恐惧，激动地大叫，说这是地球上前所未有的事。我感到可笑，又吓唬了他几下，他才安静下来，老老实实看商人的笔记。翻阅几页后，他便被笔记的内容吸引，专心研究起来。我不再打扰他，将他锁在屋子里，而我通过乐园的下水管道，游进了安河泾。

浑浊的水底听不见雨声，我在黑暗中游弋，捕食从身边游过的鱼类。这是我狩猎的时间，也是我思考的时间，进食令我的大脑加速运转，有时会出现源源不断的颅内高潮，类似人的性快感，这应该是我特有的性征。我见过人类交配时的样子，甚至偷偷模仿过他们高潮时的表情，可我特殊的声带总是让我感到挫败。

一周后，教授似乎不再惧怕我，他把我当成一个可以倾诉的异类，一个守口如瓶的怪物。他与我提到了他的妻子，他的生活，他的挫败与彷徨。这应该就是一个人类的全部，我对这一切太熟悉了。"金银山"每天都在上演这些事，我喜欢躲在缝隙后观察人类的生活，原本我以为这会对我今后的日子有所启发，可谁知道却令我大失所望，我隔着老远就能闻到人类身上焦虑的气味儿，它们比"金银山"的臭味更好辨认。

　　教授在讲述他的妻子时，使用了一种伤心的语气，他被学校开除后，妻子向他提出离婚，并迅速嫁给他的一位同僚。教授这才知道妻子早就背着自己出轨，他多年来的积蓄也多半被转移到妻子名下。他告诉我，那是一种坍缩，意味着他从内部被毁灭了。

　　我对教授的生活状态并不关心，也不同情他。他控制不了自己的欲望，也控制不了自己的生活，他只是个丢掉尊严的可怜鬼。我更关心那些商人留下的书和笔记，我迫切地想知道上面有没有提到那些玻璃罐的线索。可关于罐子的信息，商人在笔记中丝毫没有提及，里面大部分记录的是天气、航线、商业记录，以及某个客人的怪癖。开始我觉得很新鲜，可重复摄入这些毫无意义的信息后，我逐渐感到枯燥，索然无味。我不明白商人为什么记录这些毫无价值的信息，我甚至怀疑商人是不是在用这些庸碌的词汇掩盖秘密的光芒。我试图找到笔记中的机关或是值得怀疑的字句，可每当我觉得自己就要破解线索时，接踵袭来的却是巨大的失望，我得承认，我在浪费时间。

　　但同时我也对笔记里描绘的那些世界深深着迷，那些字句像拥有了魔力，令我竖起全身丰满的鳍，就像乐园中心的雕像那样，我想象自己像商人那样站在"礁石皇后"的甲板上，目光伸进触手可及的风暴里。我听说过海洋，但从未去过。我生活在河流里，我了解它，可海洋不一样，它脾气暴躁，危险万分，喜欢吞食秘密。

在这方面，教授与我的看法不同。他说，我应该去海洋里生活。我明白他的意思，再奇怪的东西出现在海洋里，都容易被接受，而我又是一个这么奇怪的生物。毕竟人类生活在陆地，才是天经地义的事情。

我对教授有这样的逻辑感到可笑，可我清楚人类狭隘的思维，他们在面对异类时总是缺乏谦卑，所以教授才会被开除，才会被妻子背叛，才会被我抓住。

"你知道吗，你是个奇迹。"教授说道。

"或许我现在就应该把你吃了。"我用爪子抓着商人的笔记，没有抬头。

"你不会那么做。"

"你怎么知道？"

"你太孤独了。"

我抬起头，看着教授，感到心中有什么东西被击碎了，里面的液体流得全身都是，那一刻我有些慌乱。

我被一个人类看穿了内心，这令我猝不及防。我在试图挽回局面，我不能让教授知道我在想什么，这对我来说，是件可怕的事。长久以来，我将真正的内心伪装起来，一直靠这些秘密的感受活着，如今却被一个我瞧不起的人类掀开了它密封的盖子，我恍然意识到，我一直在寻觅的那些玻璃罐子就藏在我心中。

"我说对了？"教授看着默不作声的我。

我将商人的笔记合上，用脚爪敲击地面，教授本能地往后退了几步。他一定以为我要吃掉他，可我并没有那么做。我身上的鳞片有节奏地起伏着，发出规律的碰撞声，我向教授指了指他身后的储藏间。

教授推开门，看着眼前密密麻麻盛着标本的罐子，显然被震惊了。他用手指轻轻触碰那些玻璃，每个罐子里的生物都寂静无声。我告诉他，我在寻找架子上失踪的那几个罐子的线索，那里面可能有关于我存在于这个世上的合理解释，它们很可能是我这一条进化链上缺失的重要环节。可教授似乎没有听我在讲话，他将每个罐子都看了一遍，用手轻轻抚摸它们，口中含糊不清地念叨着什么。从储藏间出来后，教授像患上了失语症，陷入许久的沉默中。

此后的几天，他喜欢反复在光滑的桥面走来走去。我觉得他在计划着什么，可我什么都没做。终于有一天，教授突然开口，他说，他从没想过自己的生活会搞成这样，他决定将真相告诉我。我有些疑惑，他说他是被冤枉的，他并没有猥亵那名女学生，是女学生对他产生了爱慕之情，并提出要将自己奉献给他。惶恐慌乱之下，他拒绝了女学生，并嘱咐对方勿将此事传扬。

他原以为这件事就这样过去了，可不久，他却因为猥亵自己的学生而被学校开除。这件事只有女学生和自己知道，他将真相告诉学校，学校并不信任他说的那些话。他又跑去质问女学生，却看到她正用无辜的眼神勾引另一位男教师。他无法想象一个 14 岁的少女，居然藏着一颗魔鬼的心。他的信念在那一刻极速崩塌。

最后，他接受了学校的裁决，背上了莫须有的罪名，卸任离职。可这不是最致命的，最致命的是他对自己进行了审判，并判决自己有罪。从此他避免接触十四五岁的少女，称她们"令他感到恶心、恐惧，头晕目眩"。

我很好奇他为什么要将这些说给我听，他告诉我，希望我将自由还给他。我感到可笑，我怎么可能让他带着我的秘密离开？我拒绝了他的请求。

"那就带我走吧，到大海去，我想去那看看。"

教授眼中闪烁着火焰，我感到那是某种即将燃尽的希望。他随后又告诉我，这段时间，他眼前总是出现重复的幻觉，摇曳的船帆、六颗坠落的星宿、极光和嶙峋古怪的礁石。

"大海才是我的归宿。"他这样说道。

"大海"这个词汇令我感到不安，我有些紧张，鳞片不自觉地摆动起来。我努力掩饰，并不想让教授看出丝毫的异样。他见我没有任何回应，有些失望，便没再说下去，独自一人离开。

我生怕他逃走，观察着他的一举一动，而此时我才发现，我们之间早已建立了某种情感纽带。

他花了好几个星期收集乐园里的建筑垃圾和钢筋，甚至折断了那座商人雕像的手臂。我没有阻止他，任由他破坏。他将它们堆积在河边，接着搭建了简陋的龙骨、船壳和甲板。他在做这些的时候，我只是看着，没有提供任何帮助，也没有试图去询问他这样做的原因。我打心眼里知道，他早晚有一天会离开。我看见他站在造好的船甲板上，回头看了我一眼。我们像那些海上的人一样，彼此交换了眼神，那是告别。

接着他便划着船驶进了夜色的河水中。那一刻，我将自由还给了他，或者说，他将自由还给了自己。我看着他逐渐变成一个黑点，并彻底消失在我的视线中。我感到有些冷，乐园的空气中似乎有什么将我握紧，让我动弹不得。

教授离开的第三天，我在不远处的水库里找到了他的尸体。船折戟在水库的底部，原来他搞错了方向，入海口正好在水库相反的方向。我看着水里漂浮上来的雕像手臂，第一次真正地为教授感到伤心。

　　我将尸体带回乐园，在那里安葬了他。我重新陷入空虚中，开始借助商人剩余的笔记打发时间，可笔记里的东西越来越令我失望，我内心最后的渴望被扑灭。

　　我将所有的书和笔记堆在雕像面前，一把火点燃了它们，同时也打算离开这座乐园。这时候，火光照亮了雕像的身躯，我才看清它头顶的王冠上刻着一行字。上面这样写道："今天船帆坏了，我爬上去修理的时候，竟然厌倦了陆地的一切。"

新衣服

　　彭奇特别讨厌那件贴身的高领毛衣，他总感觉领子紧巴巴的，让他透不过气。这还是去年圣诞节"巴黎春天"商场打折时她送的。

　　彭奇和她在一起有三年了，她每年都会在春节给他买件新衣服。衣服好不好看，或是贵不贵，全与他无关。她像是在完成一种属于自己的秘密仪式，在这场仪式中，他被排除在外。

　　自从他们上次吵得不可开交之后，她便给他买了那件高领毛衣。彭奇对此心知肚明，她肯定是在偷偷报复他。从此，他就不再在一些问题上和她争论了，他受不了她对一些小事喋喋不休的念叨，所以一直避免在这类问题上再犯错误。目前为止，他保持着不错的记录。

　　回到家的时候，他闻到一股红烧排骨的香味儿，随后把钥匙丢进去年他们到乌镇旅行时从当地小贩手里买的木盘里。那是个不错的工艺品。以他的标准来看，"不错"意味着她没有反对，不会像以往那样对他的选择发表看法，一切都按照他当初设想的那样完成了整场旅行。所以至今他都很怀念那次旅行，对他而言，意义非同寻常。要知道，生活中完美的事情总是不多见的。

"真香!"

他走进厨房，吓了她一跳。她嘟囔了句什么，他没听清。排骨烧得很烂，他捏起一块放进嘴里。

"手洗了吗?"

"洗了。"

"去洗手。"

他舔了舔手上的汤汁，走到厨房另一头的水池边抓起肥皂，两只手绞在一起不停揉搓。

"你知道我们单位的小余吗?"

"谁?"

"就上次咱们回你妈家的时候，路上碰到的那个小低个儿。"

她总是喜欢用"你妈怎么了""你妈家""你妈打电话了"这些话，她就不能改口也跟着他叫一声妈吗?

"哦，怎么了?"

"他老婆给他生了个大胖小子。"

"咯吱"，他把水龙头拧上了。

"吃饭吧。"她说。

餐桌旁边的窗坏了，露出一个拇指大小的缝隙，像路边乞丐滑稽的豁牙。她催过他好几次，让他赶紧修一下，可他总是在吃饭的时候才想起这事。但这并不影响什么，一切还在他掌握中。

"那个小余多大了？"他主动问道。

"比我小 2 岁。"她没抬头，抬起汤勺喝了口汤。

她多大来着？29？还是 30？他没再问下去，觉得需要想些其他东西。对，应该想些其他东西，他想起今晚有场关键的球赛，巴萨 VS 皇马。他是巴萨的球迷，梅西最近的状态一点也不好，但他还是决定熬夜看完它。

吃完饭他主动要求收拾碗筷。她今天的兴致不高，也许上班太累了，他这么想着。她换好睡衣靠在沙发上翻那些美容杂志，一只手撑着脑袋。此时他早就把那些该死的碗筷码放整齐，这真是要了他的命，每当这时候他都甘愿饿着肚子做任何事情。

"这个怎么样？"她忽然指着杂志中一个女模特的发型说道。

"不错。"

"这个呢？"

说实在的，他不喜欢杂志上那个发型，他觉得像一团乱糟糟的鸡窝。他在脑海中将它移动到她的头顶，难看极了。

"挺好的。"他说。

她不再说话。过了会儿，她忽然提起那次旅行。他很高兴，他愿意聊这个，这是个信号，意味着事情开始往好的方向走了，他的心忍不住欢呼雀跃起来。看来，今晚看球的时候能喝点啤酒。

"你还记得咱们坐完船上岸的时候，一男一女带着个小孩上来——"

他摇摇头，打断她。

"不对吧，我记得是个旅行团，好多人戴白色帽子，T恤上印着'青春旅行团'的字样。"

他记得很清楚，那天他们靠岸后，一个旅行团挤在岸边，有个矮胖的男人举着相机到处按快门，上岸的时候，他还特意看了一眼男人手里那台相机的牌子，不可能出错，这方面他一直很自信。

"是一家三口。"她把杂志合上，"那个男的挺高的，"她将手伸过头顶比画着，"女的戴了顶棒球帽。"

她肯定记错了。根本没这回事儿，她一定是和另一次旅行搞混了。这让他为难，他得想个办法让她接受旅行团的事实。

"我拍过照片，我找给你。"

他把相机翻出来，里面还有那次旅行的照片，但唯独找不到能证明他说法的那张，他又打开电脑把以前存进去的照片一一点开看，仍然一无所获。

"没找到，但我记得很清楚。"

她爱他，他也爱她，但这并不意味他们可以像初识那会儿，令一切都显得生机勃勃。

"你怎么和你妈一样固执？"

瞧瞧，又是"你妈"，她现在总喜欢说他母亲。那个寡居多年的老太婆，是个聋子，听人讲话得戴助听器，一个人甘愿在昏暗的房间里发霉发臭也不愿再找个伴。自从上一次她在他母亲那里讨了没趣后，她就一直拿固执说事。

他没吭声，但她意识到自己刚才说错话了，自觉地朝他身边靠了靠。

"你想要个孩子吗？"

"什么？"他觉得自己听错了。

"我的意思是，有个孩子是不是就不会像现在这样了？"

他松了口气，抬起胳膊，将她搂在怀里。

"别胡思乱想，好吗？"他柔声说道。

"想来点牛奶吗？"他又问。

她点点头。

他从厨房的冰箱里拿出一盒牛奶，把它倒在铝制小锅里，放在燃气灶上。打开火后，就靠在冰箱门上发呆。

他觉得她今天有点不大对劲，但说不上来哪不对劲，可这种感觉令他不安。上一次他们做爱是多久前来着？他在心里盘算。这时，牛奶溢了出来，他手忙脚乱地去关火，牛奶流得到处都是。

等他端着牛奶回客厅时，她不见了。卧室亮着灯，想来她应该是去睡了。他便把牛奶喝了，接着把外套脱掉，露出里面那件枣红色的高领毛衣，坐到电视机前。

他觉得今晚怪极了。两支球队开场踢得十分沉闷，没等梅西上场，他就把电视关了。他坐在那觉得有些凉，想起天气预报说夜里会有雨。他看了看那扇一直没修的窗户，便拿着工具，到客厅瞧瞧是哪出了问题。路过卧室时，里面还亮着灯，她还没睡吗？但他并不打算进去，他现在只想修好那扇窗。

他放下手中的工具，反复拉动了几下窗框，都严丝合缝地嵌在一起，非常牢靠。他朝窗外看了眼，夜色中仿佛有什么正在蠢蠢欲动。他身上出了点汗，站起来的时候，感觉脖子有点扎，他皱着眉头来回扭了扭头，毛衣领子勒得他喘不过气。

夏日图景

一切古典意义上的忧愁都被戏谑和自我调侃消解殆尽。

——柯赞《生活与戏剧集》

第一幕

（1）

霄，刚成为一名单身汉不久，他还远未适应这种身份。

作为这座城市仅剩的一所戏剧团——"老虎剧团"所重点培养的演员，刚刚步入中年的他，曾被剧团寄予厚望。

　　甚至有专门从海外慕名而来的评论家看了他在《从森林出走》的表演后，将他誉为这座城市最后一位继承了莎士比亚古典戏剧传统的灵魂。诚然，这无疑是一种夸大的措辞，将霄推到了舆论的风口浪尖。霄的样貌、声音和他脸上早年留下的疤，通过众多形状各异的话筒和摄影机镜头传入城市的耳眼之中，好奇心再次驱动了这座城市曾对戏剧一贯的热爱（早已生锈的齿轮）。一时间，这座城市的市民们像激活了血脉中曾流动的古老本能，将门票抢购一空，贩票的黄牛们将它称之为"一次伟大的行业复苏"。

　　在更多的信息媒介流行起来后，就很少有人再去看话剧了。它作为一种古老的标本（或是遭丈夫遗弃的老妇？），被孤零零悬置于城市不易察觉的角落里，证明它曾是人类对于艺术形式探索某一过渡阶段的典型样本被记录了下来。但这也仅仅证明它存在过，就像早已灭绝的渡渡鸟和曾在毛里求斯上空飞翔的灰嘴海鸥那样。当它被写入无人问津的厚重典籍条目里（哦！舞台！话剧！多么显赫的名词！），只出没在青春期的羞涩大学生的毕业论文和枯燥的艺术史课程中时，它才得以像急速陨落的辉煌流星那样，在年轻人的茫茫黑夜中撕开一道光明又短暂的裂缝。

　　而为了一睹这位拥有"最后一位继承了莎士比亚

戏剧传统"头衔的灵魂的风采，市面上专门推出了将手机绑在双眼前的固定设备（设备将手机与视网膜神经进行了虚拟匹配），这是为了市民们在观看的同时，又能够方便地拍照，他们只需要眨眨眼睛，就可以将即时画面拍下来上传到自己的社交网络上。虽然这违反了剧院"演出时不得拍照"的古老规定，但时过境迁，没人会再将这样的警告当真。自从十年前，人类的科技忽然达到井喷期，许多古老的艺术便逐渐被淘汰，取而代之的是可以轻松让人类达到颅内高潮的机械与虚拟体验技术。

剧院经理早就悄悄将百年前就存在于这所剧院，告诫人们敬畏艺术的标语撤掉了。剧院同剧团一样，他们需要观众重新心甘情愿地从口袋里把钱掏出来，这样才能继续勉强维持剧院的基本运转（有开发商早就瞄上了它，一旦找到借口，他们就抓住机会将它彻底铲平，再在它的残骸上建立高耸入云的销金窟）。

所以，谁也不愿扫了观众的兴。欣赏戏剧本身恰恰变成了这整个过程中最不值得一提的事。作为观众，不再需要理解戏剧令人回味的深邃含义（因为社会观念的多样性早在多年前就被摧毁了），人们想要得到的变得单调、肤浅，即在狭隘的人际关系中，可以用艺术的外衣标榜自我的虚荣，以及对于社会阶级所产生的心理落差的短暂慰藉。

但无论怎样，只要将戏剧本身抛诸脑后，所有人都将获得自己想要的。这其中也包括霄，他需要这次千载难逢的机会证明自己的才华和独特，他太熟悉失败的气味了，在他人生的所有经验中，失败是令他最难以忘记的烙印，它几乎贯穿了迄今为止他所有的生活，甚至清晰地成为其身体的一部分。

因此，忧愁从来都笼罩在他的周围。也正是这种忧愁造就了他，令他天赋异禀，纤细敏感的灵感之触让他成为舞台上最迷人的游荡者。现在，他只需要抛开一切杂念，就可以打破一直以来失败对他的禁锢。

在那次意外的演出成功之后，观众们经历了对戏剧短暂的热情追捧。可好景不长，很快，他们的兴趣就被更新鲜的事物所吸引。这更像一种彻底灭亡前的回光返照，剧团的生意重新坠入冰点。剧院经理不知何时又将那些古老的标语从仓库里取出，挂回了墙上。

"让艺术的归艺术，上帝的归上帝。"古老剧院一侧的石墙隐没在十字路口的阴影里，与对面年轻人彻夜狂欢、放纵不休的夜店泾渭分明。

不可否认的是，霄曾经确实是剧团生存下去的最后希望。

可正像开头所说的那样，失败贯穿了他的人生。现在，它就像举着无边无际新月旗的古代战士，攻入了耶路撒冷王朝最后的避难所，捣毁了霄内心最后的信仰（天鹅绒编织的十字架旗帜在惨叫和呼救声中颓然倒地，上面沾满了杂乱无章的血脚印，一队手握弯刀的战士正将圣餐杯丢进熊熊之火）——与他恋爱多年的人突然在一个毫无预兆的夜里离他而去。他说过自己是个同性恋或是异性恋吗？这不重要。是的，这不重要，重要的是他失去了所珍视的一切，很快，频繁的演出事故让他跌入事业的低谷。

终于，剧团在他又一次醉醺醺在舞台上将呕吐物溅在台下唯一一位女观众的裙子上，趁他还没有彻底毁了剧团之前，就将他公开除名了。

失败从未这么明目张胆地占领霄躯体的每个部分。于是，情感上不曾预料的脆弱和不加节制的自我放纵（酗酒）将他彻底击碎。以往他用来抵御侵袭的所有防线都被击溃。那一刻他觉得自己输掉了这场战争，像骄傲的波拿巴被彻底驱逐到荒凉海岛上一样。

（2）

离开剧团后的第一天早晨，宿醉的霄皱着眉头，捂着微微作痛的脑袋从床上爬起来，去卫生间照了照镜子，发现头发一夜之间都白了。也好，他叹了口气，舒展了背后两侧的肩胛骨，像是蝴蝶振翅高飞前的准备动作，随后从堆在不锈钢衣架上的衣服里挑了件深色的 T 恤，放在鼻子下面嗅了嗅，确定没什么异味后将头套了进去。他顶着一头蓬乱的头发在堆满小说和戏剧理论书籍的樱桃木桌上翻找那个表面嵌了水牛皮的镀银烟盒。前一晚他喝醉了，忘记将烟盒随手丢哪儿了。那个烟盒是父亲留给他的，曾在他的生命中闪闪发亮。

最后他费了很大力气挪开桌子，将手臂伸到桌后的缝隙里抓了抓，没一会儿便将烟盒拽了上来，一起拽上来的还有一本戏剧理论集。作者是霄最喜欢的剧作家柯赞，他是 20 世纪初德国公认的戏剧大师。但不幸的是，柯赞在一战中被迫入伍，加入帝国陆军，被来自对面战壕的英国人用一连串马克沁机枪的子弹洞穿了灌满戏剧经验和丰沛情感的心脏，最终与数以万计的无名尸体埋在索姆河附近某处泥泞的地下。

霄曾经想过，有时间一定要去柯赞死去的地方哀悼一番。他甚至有个荒谬的想法，想找到埋葬柯赞和其他无名士兵的长眠之地，亲手挖出柯赞的尸骨带回家。哪怕是只能找到一根手指骨或者头骨某个部位的残片，他都会心满意足。

他把书放到桌上，用纸巾擦了擦烟盒表面的灰尘，从里面抽出一根有些粗糙的卷烟。他点上烟，走进卫生间默默抽了起来。片刻，烟雾便充满局促的空间，在他刚刚变白的头发间缭绕。

他将最后只剩下指甲片大小的烟屁股丢进马桶，很快马桶里的水因为烟渍开始发黄。他盯着看了一会儿，觉得似乎在什么地方有过相同的经历，可他又想不出到底在哪里体会过这样熟悉的感觉。

有一次，一位朋友吃饭时曾经煞有其事地跟霄说，他的第六感很准，可以预测未来会发生的事。霄表示不信，并让他举个具体的例子证明，朋友就说了一件与霄现如今体会相同的事——也是经常会没来由地在某个瞬间（都是些琐碎片段式的感受）觉得自己曾经感受过（看见、听见、闻见），一种全方位立体的熟悉感笼罩了处在那个时刻的自己。此后在相当短的一段时间里，自身不受控制，完全是出于本能跟着那股熟悉的感觉依次按步骤进行某些行为。但很快，这种用朋友话所说的"第六感"便会彻底消失不见，就像现在盘旋在霄头顶稀薄的烟即将消散一样。

他住在靠近市中心的一所老房子里，房子建于20世纪20年代，第一位主人是位电影女明星，拍过一部叫《娇兰梦碎》的电影，被大众广为熟知。但在她27岁时，不知什么原因，在这所房子里上吊自杀了，霄现在抬头还能看到那个老式电扇，每当有风吹进房间，它就咯吱咯吱缓缓转动起来，霄仿佛看见穿着婀娜旗袍的女明星吊在上面，下摆（那双漂亮的高跟鞋）微微荡来荡去。他甚至一直觉得她的鬼魂从来都没离开过这个房间，她就藏在那些因为年久失修，布满霉斑和污水渍的旧墙后面。

后来房子又几经他手，做过违法接生的私人妇科诊所，做过储存冻肉的冷库，甚至做过流莺们夜夜接待嫖客的暖巢，直到最后，房子连同它所在的整幢楼都被当时如日中天的"老虎剧团"买下，作为剧团的员工宿舍使用至今。但时过境迁，现在除了霄住的这间，其余剩下的都早已被剧团卖给他人。

霄按下马桶开关，烟头顺着旋转湍急的水流很快被冲掉了。他在水池里洗了把脸，五月以来，气温一直忽高忽低，霄因此还患上了重感冒，他在心里把老天好好咒骂了一遍，同时又祈求夏天可以尽快到来。好多次当他以为夏天就要来临的时候，天气又像变脸的孩子一样捉弄他。直到现在，当他洗完脸抬头的那一瞬间，看见几只长翅膀的虫子从卫生间柜子里钻出来，他才确定夏天这回是真的来了。他认识那些小家伙儿，是白蚁，他擦擦脸，走出卫生间，看见它们从客厅朽坏的地板里，从四周即将剥落的墙皮里，以及世界上所有的缝隙里不断爬出来。

　　老房子就是这点麻烦，一到夏天，蚊虫便在它衰朽的肌理里泛滥。他记得门口的保安给过他一张写有各种应急电话号码的表格单，上面就有专门除白蚁的公司的电话，可现在他忘记把表格单放哪儿了。他四处翻了翻，一无所获。最后他给自己找了个借口（也许白蚁就是女明星鬼魂的化身），暂时放弃了这件事。他打算回避它，至少现在他没心思管这档子事儿，等到实在不得不清理时，再处理也不迟。他允许白蚁在他的容身之所欢腾一阵儿，毕竟他已经没什么可失去的了。

　　霄换好衣服，用一顶黑色鸭舌帽遮住自己的白头发，检查了电器开关和煤气，最后将水牛皮的镀银烟盒放在上衣外套的内侧口袋里就出门了。

（3）

　　"一旁站着，亚当，让你听听他怎样羞辱我。"

　　霄走进剧场的时候，舞台上正在排练莎士比亚的《皆大欢喜》，剧团正试图将这出经典的喜剧改编成更时髦、更贴近现代人生活的戏剧，以便重新挽回观众的心。

　　一切都是徒劳的。霄摇摇头，在心里这样想着。接着他找个位置坐下来，看没人发现他，便从口袋掏出他的烟盒，用火柴点上一支烟。这种老派的做法一直都是霄的习惯。他来这里是要找剧团的负责人老蒋，他得跟老蒋好好谈谈，他不能丢了在剧团的这份工作，他需要重新站在舞台上，那才是他人生的位置。

他刚抽了两口，不知什么时候站在剧场过道里拄着拐杖的老蒋，就把他的烟从嘴里拽下来丢在地上，用鞋尖使劲碾了碾。

"你知道规矩，这里不让抽烟。"

"这是你的主意吧？"

"什么意思？"

霄冲着舞台扬了扬下巴。

"没错，我总不能老让观众看你那些乏味又不知所云的玩意儿，观众来这找的是乐子，不是痛苦。"

"那你为什么不开家妓院？"

霄说完，冲老蒋做了个带有侮辱性的手淫动作，他在激怒老蒋。在这方面他俩一向有不可调和的矛盾。虽然他们曾是最好的拍档，是同一所学校出来的师兄弟，是一起分享过各自内心悲伤黑暗秘密的朋友，可那又怎样？他们相互成就过对方的事业，也可以相互摧毁。他是位艺术家，而老蒋是个商人、投机者，一位钻营的骗子。他知道，如果没有老蒋苦苦支撑，剧团早就像厄舍府一样倾塌了——老蒋确实用过一些不齿的手段搞垮过红月亮剧团、杀猫者艺术剧社、恐慌蔓延惊悚剧院，还有可乐剧团、驰与舞剧团、忽魂街剧团等一系列大大小小的竞争者。

真是讽刺，不是吗？当老虎吃掉一切，它也离灭亡不远了。霄不懂赚钱那一套东西，但他知道这样行不通。他们这一行，包括他们自己的健康，对生活的信心，和愈来愈漫长的失眠深夜，一切都在走下坡路。

"大胆承认吧！我们就是失败者！"

这是霄在被开除那一晚，烂醉如泥地对在剧院后台更衣室里默默抽烟的老蒋说的话。你瞧，这正是他们之间的不同，老蒋对任何事都盲目乐观，他从不愿承认失败这件事，仿佛只要不承认，失败就与他无关。所以他必须将霄开除出他的剧团，开除出他的生活，让他消失。霄冒犯了他，同时那些话像冰锥一样刺穿了那颗被自我日夜蒙蔽的心，老蒋一直在试图逃避这个事实，这是他一贯解决问题的方式。

"你来这做什么？"

"我需要工作。"

"但剧团不需要你，"老蒋顿了顿，"你看看你，现在像什么鬼样子？"

——一面镜子，里面是霄疲惫又深深凹陷的眼眶，失去神采的面容，恍惚的眼神。

"你要给我时间，你看看那都是些什么？"

霄大声指着台上正在排练的人和布景道具，演员们都停了下来，朝霄的方向看去。

"这种东西怎么会有人看？没有我，你觉得剧团能撑多久？"

"至少现在不会被你毁掉。"

老蒋做了个手势，示意让台上的演员们继续。

"你已经不属于剧团了，另外我们也不欢迎酒鬼，你还是另谋高就吧。"

"你把其他剧团都搞垮了，我还能去哪？我是个话剧演员，没其他谋生手段。"

"这不归我管，我只对整个剧团负责。"

霄叹了口气。

老蒋看着霄，摇摇头，从上衣口袋里掏出一支圆珠笔，接着将霄的一只胳膊拉过来，铺开他柔软的手，在霄命运密布的手心写下一串数字，"20—74—66"。

"这是什么？"

"最近城里冒出一个神秘剧团，据说今晚他们会演一出戏，但没人知道时间、地点，以及谁在策划这事，所有线索只有这串数字，你可以去碰碰运气。"

说完，老蒋把笔帽插回去，重新将圆珠笔放进口袋。

"对了，还有件事要通知你，你得把房子腾出来。"

"今晚？"

"尽快吧。"

老蒋说完，就拄着拐杖沿着剧场过道笔直下沉的阶梯，朝舞台的方向走去。霄一个人坐在那，看着老蒋一瘸一拐的身影，又看看手掌里的那串数字，随后将它紧紧攥了起来。

第二幕

（1）

——嘿！翘臀小子！摇摆吧！请尽情摇摆！今晚请那位披着黑色瀑布的姑娘跳支舞，如果你们在那犹如电闪雷鸣般的耀眼光线，和锤击你胸膛而发出回声的狂野旋律里注定相爱，就把她带回家，吻她冰凉的肩膀和灌满了蜜的蜂后之巢，替她擦去在无数个深夜碎成两瓣的泪珠儿，再捧起你体内炽热的地核为她取暖。嘿！翘臀小子！摇摆吧！请尽情摇摆！

那是一双修长白皙的大腿，上面覆盖着诱人的渔网袜。巧巧靠在酒吧后门小巷的墙上，一只脚朝后勾住墙上的一处破洞，戴着耳机听歌，身体随着音乐微微晃动。她右手夹着一支女士细烟，不时抽上两口。那些染着一头鲜艳发色的男孩们路过她身边时，会露出猥琐的笑意，有些会直接吹口哨，说些下流话，她头也不抬地用左手竖起的中指回应他们。

巧巧对男人失望极了，没有人是她心目中的"翘臀小子"，也没有人会替她堵住心底汩汩作响的泪泉。但这首海鸥墓园乐队的《翘臀小子》一直是她的最爱。她每次听的时候，都会想起美国和墨西哥交接的绵延沙漠，想起那些干燥的沙子，想起廉价的汽车旅馆的彩色灯箱，想起毒品和浪漫逃亡，想起忧伤落泪的亨伯特和他的妖精小人儿，想起整日做爱、一无所有的年轻人们被仙人掌和弧形落日包围，想起骑着骏马的骷髅吉他手，想起那些在炙热的末日晚风中前途未卜的生活。那才是她心目中的圣殿，是她决心要抵达并愿意献出生命的最终之地。

可瞧瞧现在，她只要把耳机摘了，就从云端坠入深渊。她不得不面对眼前的一切，母亲的债务（她输掉了她们住的房子），只知道问她要钱的男朋友，客人们的调戏和沾满过精液的咸猪手。她朝老板抱怨过店里的客人不太检点，可老板说什么？他说，你准是挑逗他们来着。还说，只要你别再穿那些让男人有冲动把你按在桌子上强奸的袜子和热裤，他们就不会对你做那些下流事，要知道那些东西对男人来说，就跟西班牙斗牛用的红布一样。（哐当！盘子碎了一地。）嘿！你可别冲我发脾气，我可以跟你讲道理，但你可没法跟牛讲道理！
（接着是 500 毫升的啤酒杯。）嘿！我警告你，我给了你
工作和食物，你再砸坏我这些心肝宝贝儿，就给我滚
出去！

巧巧将那些碎片清扫完毕，倒进酒吧后门的垃圾
桶，从口袋里拿出手机，打开那首《翘臀小子》，又靠
在墙上给自己点燃一支女士烟。这是属于她的神圣时
刻，短暂冒险，是治愈这个世界在她心里留下道道伤口
的灵丹妙药，她不敢想象如果没了它该怎么办。她偷偷
攒了些钱，下定决心有朝一日要离开这里，她要埋葬现
在的日子，去过她想要的生活，而不是这样屈辱艰辛地
活着。

酒吧的后门开了，老板探出头，在巷子里左右看了
看。接着气冲冲地把巧巧的耳机拽下来，吓了她一跳。

"你要是不想干就滚蛋，我这可不养闲人。"

——一只拳头先是击中了老板的鼻梁骨，巧巧可
以清晰听到骨头碎裂的声音，接着是一只脚狠狠踢在他
的下体，他一手捂着鼻梁骨，一手捂着裆部。

"我说话听不见吗？"

巧巧回过神，收起无限延伸的幻想，看了看眼前粗
暴的老板，正转身回酒吧。可这时，她却听见城市上空
传来悠扬的钟鸣，紧接着是第二声，第三声，持续不断

的钟声将万物笼罩，在时间的不朽里没有谁能抗衡它的到来。

那是一口青铜铸造的旧日巨钟，一百年前当这座城市还是贫瘠港口时，从海上来的殖民者制造了它，于是钟声便停留在这座城市每一代人的心中。现在，它作为城里最古老的报时工具，被悬挂在城市之巅。

这是巧巧获得自由的声音，意味着她可以下班了，现在是她合法的休息时间。快瞧瞧这位老板的表情！该怎么形容它？一块扭曲的面团？哦不，一个干瘪的盘根错节的老树根。

巧巧在心中大声嘲笑他，她爱极了这夏日的钟声，它在她心中持续震荡，它是她的希望，是她的西斯廷宝剑和斯巴达勇士（她把这一切称为奴役）。她现在可以吹着欢脱轻快的口哨，名正言顺地从巷子里的高大阴影中离开。今晚她的工作完成了，她不用再饱受任何摧残。

（2）

巧巧喜欢夏天，那意味着她可以游泳了。她曾在午夜的城市中心广场的圆形喷泉前，将自己脱得一丝不剩，赤条条跳进池子里，像一条美人鱼，绕着中间唐朝诗人李白的雕像游上无数个来回。她白花花的身子搅动了这死气沉沉的夜晚，当她听见有人路过，就潜在被黑夜浸染的静谧水流下，一动不动，那一刻只有她的心跳在水中微微震荡起一圈又一圈的波纹。

但自从因为道路拓宽，喷泉连同那高高的李白雕像被市政工程拆掉之后，她就失去了唯一可以游泳的地方。她没钱，办不了游泳卡，也没法花一整天时间，坐车到城市郊外的海边，像一条真正的鱼那样好好游上一番。她得赚钱，得在燥热蝉鸣的日子里去和一个年纪可以做她父亲的男人做爱。

她是两个月前在酒吧认识他的。男人孤身一人从下午一直坐到晚上十一点左右，点过鹅岛、朝日生啤、福佳白，点过高原骑士 12 年、白州、山崎和占边威士忌。巧巧记得他点过的每一种酒，也许是他身上的孤独让她辨认出同类的气息，也许是他不凡的穿着和气度，让她打算找个机会跟他套点近乎，从他那多要些小费。

她太熟悉男人身上那种周遭的一切都被吞噬的感觉了，因为她也是这样的黑洞。如今，两个黑洞正在彼此吸引。巧巧知道这很危险，一不小心，她或者他就会被对方吞噬，但她的好奇心令她必须接近他，她想搞明白他心里暗藏的玄机，那些令男子汉落泪的原因令她困惑着迷。于是，她率先向他靠近（两个天体的碰撞）。

酒馆打烊的时候，巧巧费了好大力气把醉得不省人事的男人带回自己租的房子。她不知道他的名字，但看着阴影中男人高大的轮廓，她忽然想起那尊被拆掉的李白雕像，她在喷泉里游泳时总会穿过它巨大的倒影。她忽然现在就想游泳，于是就把衣服脱了，躺在男人身边，闭上眼睛，幻想自己在水里自由地游弋。她看见在水底深处，李白的雕像复活了，他白色长袍上的衣带在水中飘荡，牵着她的手往更深的水底游去。她感到了潮湿，它们浸透了她童年酥软的骨头，让她开始变得轻盈。

这时男人醒了，看见身边剥了皮的娇艳果实在黑夜里闪闪发亮，他看呆了，坐起来跪在巧巧身边。剩余的酒意早就散去，他知道这辈子只有这一次机会目睹这罕见的美，他的内心发出惊叹，过往的一切在他脑中闪过。

他想起自己的女儿，大概跟巧巧的年龄差不多，在另一座城市读一所昂贵且教育严格的私立大学，一年回不来两次。他们几乎没有交流，自从女儿成年后，他都没好好抱过她。有时候，他觉得已经失去了她。他颤抖着双手，去抚摸巧巧身上因为凉意而竖起的细密绒毛，骨结粗大的手指穿过年龄和他暮年的经验，顺着本能和巧巧大腿完美的曲线，进入了那片禁忌之地。他的眼泪开始不自觉地坠落在巧巧的肌肤上，一颗枯萎的星球，眼泪滚烫的温度迅速席卷巧巧的胴体，点燃了她的爱意。她坐起来，将哭泣的男人抱在自己年轻的双乳之间，在他耳边像位母亲一样安慰他，将亲吻落在他皱巴巴的额头上。男人像是受到了鼓励，开始回吻巧巧，并脱掉自己的衣服，用尽全力进入她体内。巧巧感觉自己仿佛又回到了舒服的水底，回到了以往在喷泉里游泳时，仰头看着隐没在黑夜里高耸的李白雕像的时光。

等一切都结束后，男人站在拥挤的出租屋内，环顾了一下房间，窗台上蒙灰的镀金佛像，餐桌上吃剩还没洗的碗筷，角落堆叠的丝袜、胸罩、窄小的内裤，床上的大熊布偶，最后他的目光落在鞋柜上摆的歪歪斜斜的全家福上。他拿起相框，上面是一对年轻夫妻，丈夫背着一个左右两边扎着小辫的女孩，女孩的牙还没长全，露出了幼年脆弱的空隙，背景应该是某个曾经的水上乐园。

巧巧靠在床上默默给自己点了支烟。

"那是我父母。"

男人回头看了眼巧巧，他没想到她会抽烟，微微皱了皱眉头。

"你父亲多大。"

"你多大？"

"五十一。"

"那跟你差不多。"

"他人呢？"

"不知道。消失了，也可能是跑了。"

男人听完，沉默了许久。

"以后你来找我吧。"

"为什么？"

"我可以补偿你。"

巧巧笑了。那是发自心底的笑，他觉得眼前这个与自己父亲一般大的男人真是幼稚得可爱。

"好啊。"

巧巧爽快地答应下来，从此她开始跟这个男人保持一种奇怪的关系。她每周都会挑几天去男人家里，时间不固定，她会提前打电话给他，两人一起做饭、喝酒、聊天，什么都聊，然后看男人收藏的老电影。她喜欢希区柯克的《蝴蝶梦》、山口照一郎的《极乐之屋》，还有自杀身亡的女导演宋梦的《忧伤时，请别说话》。除此之外，男人家里还有很多关于话剧的录像带，迪伦马特的《老妇还乡》和乔尔巴的《三架金马车》，甚至连美国人凯宾被禁演多年的《缄默》都有。巧巧以前从没接触过这些，但她现在被这种舞台艺术迷住了，甚至可以说，她对戏剧有着与生俱来的天赋和信念，这也成了她每次来男人家里的一个重要理由。

他们并不经常做爱，更多时候，男人只是像抱着女儿那样抱着巧巧，在巧巧耳边讲很多故事，讲他的生活和忧愁。巧巧逐渐进入黑洞的中心，男人是一位在业界颇有名望的鸟类学家，可巧巧在男人家里根本没见过什么跟鸟有关的东西，除了在男人卧室的床头柜上见过一本介绍翔实的鸟类图册。

男人告诉巧巧，他像所有中年人那样曾有过一段维持了三十年的婚姻，告诉巧巧他有严重的抑郁症和焦虑症，告诉巧巧他跟女儿糟糕的关系。他说在酒吧那晚，刚给女儿打过电话。这么多年来，女儿一直是他生活下去的动力，可那天晚上他听到女儿在电话另一头叫另一个男人"爸爸"时，他忽然觉得内心有什么东西正在迅速瓦解，像升空失败的火箭，在空中剧烈爆炸，碎裂成一段一段，坠入遥远的沙漠深处，成为一个时代的残骸那样。

男人告诉巧巧，现在除了时间和一些银行里的积蓄，他一无所有。他又忽然愤怒起来，指责他的前妻凭什么将女儿从他身边夺走，让另一个陌生的男人代替他父亲的身份。他不断说着"这不公平，这不公平"，说着说着又开始哭。巧巧已经习惯了，她从卫生间的镜柜里拿出医生给男人开的抗抑郁药，喂男人服下。于是，哭得筋疲力尽的男人就靠着她睡着了。

（3）

男人死得悄无声息。

巧巧从酒吧下班回到家里，男人打电话说要过来找她。她简单收拾了家，又想起男人在电话里说会带瓶酒过来，便下楼买了些熟食。这时候，令她嫌恶的男朋友打来电话，巧巧直接关了机。没过一会儿，男人带着一身疲惫就来了。巧巧关上门，让他坐在椅子上，自己接过酒，用一把剪刀将红酒的木塞撬开，倒入了两只酒杯。

他们谁也没说话，默默地吃着。巧巧喜欢这样的时刻，直到天色彻底暗下来，巧巧想去开灯，男人阻止了她，说他有些困了，想睡一会儿。他们便躺在卧室里那窄小的床上。男人抱着巧巧，用鼻子轻嗅她幽香的发丝，巧巧总觉得男人今天有些特别，她几次想开口，但都看见男人冲她微微摇头，房间里一片静默，她感觉自己站在赭褐色的无人山谷，除了风和时间，再也没有其他声音。

在梦里，巧巧梦见了久未谋面的父亲，他站在一片被山峦柔软的曲线包围的湖水中央，一动不动。成群的长脚火烈鸟从天空降落在父亲周围，遮住他若隐若现的笑容，巧巧不顾一切冲向他，湖水溅在她脸上，但她顾不得这些，她太想现在就拥有湖水中那个模糊身影的怀抱了。自从她十岁那年再没见过他之后，她早就想将心底日夜奔涌的委屈和泪水都给他看看，看看他不告而别的日子里，她痛苦的生活。

她不停地赶走眼前的火烈鸟，可每赶走一只，父亲的身影就更模糊一些，像是一场大雾笼罩了他此后一生的行踪，她这才发觉这群火烈鸟就是父亲，一个虚无的化身。它们是他的所有，随时停留在她的心里，又随时飞走。她在湖水里停下来，意识到她必须变成一只火烈鸟，变成父亲那样的人，才能摆脱这一切。

这时，湖水开始撤退，火烈鸟也消失了，远处的山峰开始塌陷，她在震耳欲聋的毁灭声中奔跑，在没有尽头的世界里彻底丢失了父亲的下落。

"赶快逃跑吧。"

巧巧被惊醒了。她发现自己脸颊上有泪水的痕迹，眼睛也有些酸肿。她打开灯，照照镜子，发现已经夜里八点了。她坐下来，叹了口气，这个梦仿佛耗尽了她一生的精力。

她从刚才的梦魇中缓了缓，想起睡在身边的男人。她本打算叫醒他，可无论如何男人都没再睁开眼睛看看她，巧巧摸摸男人的鼻息和心跳，发现他已经死了。她不知道一个人好好的怎么说死就死了，还死在自己的床上。

　　她首先想到，男人会不会是自杀？她翻遍男人身上所有的地方，也没发现类似安眠酮或是其他可能用来自杀的可疑药片。事实上，男人除了今晚带来的那瓶酒，什么都没有带。她看见男人的裤脚和价格不菲的皮鞋上沾满泥土，推测他应该走了很长的路来见她，但她也不清楚他之前去了哪儿。

　　会不会是什么心血管疾病？她曾经在电视上看过一些医疗保健节目，说有些人会在睡梦中呼吸不畅，或是心脏起搏功能骤然停止。但她从没跟男人好好聊过他的健康问题，所以她无法判断男人的死因。

　　她只知道，男人现在确确实实死在自己的床上，警察迟早会发现这一切，她脱不了干系。要是抓住她，她可说不清，更没钱请律师为自己辩护。一想到这，她在心底咒骂了一声。

　　正当巧巧惊慌失措的时候，有人在外面猛烈地敲门，把她吓了一跳。巧巧透过猫眼，看见是母亲的那些债主。自从她逼不得已接手了母亲的债务后，就时常受到他们的骚扰和恐吓。她又看了看床上男人的尸体，她该怎么办？

　　她忽然想起刚才做过的那个梦。

　　她必须逃走。没错，她要逃走，这里已经没有自己的容身之处了。她忽然明白，这是个机会，摆脱现有这糟糕的一切的机会。

这时，她听见外面那些人用某些金属工具在鼓捣锁眼。留给她的时间不多了，她下定决心，要变成一只火烈鸟飞走。她找了一个双肩包，将值钱的一些首饰和仅有的微薄积蓄塞进去，最后犹豫了一下，把那张多年前在水上乐园与父母合照的全家福也放了进去。她拉开窗，望望下面，暗自庆幸自己还好住在三楼，下面有一片松软的青草地，如果跳下去，应该还不至于摔死。

她又看了看床上闭着眼睛，大梦不醒的男人，她在心里缅怀他，感谢与他度过的那些夜晚，那是她生命中不多见的快乐时光。

"再见了。"

她在遮天蔽日的夏夜蝉鸣中，下定决心告别这一切。于是她从窗户里跳出去，坠入炎热暂时退去的夜晚。

第三幕

（1）

霄抽着烟，在树荫下走着。他不清楚自己的忧愁是否重要，他看了看周遭世界的一切，似乎都比他的忧愁重要得多。譬如正朝他耷拉着脑袋，缓慢无力走来的那条流浪狗，它说不定已经三天没吃东西了，最好的下场就是找个漂亮的人工湖，趴在附近低矮的草丛里等死，或是被出没在城市黑暗里的狗贩子捉住，卖给一些偷偷为老饕专门烹制狗肉的饭馆。可他们能吃出些什么呢？一根曾疲于逃亡的腿骨？还是被香料煮烂，目睹过一个家族兴衰秘密的混沌眼珠？还有右边那位正费力将婴儿车抬上台阶的女士，她好看的妆容也遮掩不住眼角褶皱间溢出的疲惫，她可能快要被不满周岁的孩子、一位瞒着她在孕期出轨的丈夫，以及那份竞争压力巨大的工作折磨垮了。再看看他即将路过的那个墓地，一百多年前曾有十多名为这座城市的独立与海上殖民者战斗而失去生命的年轻人葬在这里，难道他的忧愁比他们的死更壮烈更崇高更有价值？

谁的忧愁都不值钱，尤其是年轻人的忧愁，他们在经验上天生处于下风。他们热情，冲动，愿意为一位注定得不到的女人或是一件荒唐事付出足以摧毁他们的代价和勇气，但同时他们又无法与更庞大的时代抗衡。于是，他们的忧愁从时代快速更迭的齿轮间隙悄悄溜出来，随即又被碾压，周而复始。

更糟糕的是，这些曾经的年轻人在年长后，会嘲笑自己当初的忧愁，认为它们不值一提，幼稚，虚伪，一颗没有品尝过真正痛苦的心。是的，这个世界不存在忧愁，它们都扁平化了。

霄为自己的忧愁没有分量而感到沮丧和虚无。他觉得一切都不重要，甚至觉得自己人生的意义都烟消云散了。或者更准确地说，他现在就是一个空心的氢气球，没法再留在地面了，飘走是它唯一存在的意义。

他一路走着，并不想回家面对满屋子的白蚁，哪怕它们是那个女鬼魂的化身，他都没兴趣再回去。他摊开手掌，看了看刚刚老蒋在剧院里往他手里写下的那一串数字，它到底代表什么呢？

他想起老蒋说的那个最近在城市神出鬼没的秘密剧团。他说的没错，他得去碰碰运气，那可能是他最后的机会。这暂时令忧愁散去，霄开始研究手上那一串唯一的线索。

他一个人坐在公园长椅上，看着自己的手心，毫无头绪。他心中恼怒，从没想过自己会被几个数字难倒。他觉得自己被困住了，困在高加索山脉缚满锁链的巨石上，困在地中海火光四射、逐渐倾覆的古代迦太基战舰上，他是被囚禁在涤纶T恤中的黑色幽灵，被一顶廉价鸭舌帽镇压的风暴。

霄摘下帽子，让塌陷的白发在仲夏晚风中舒展，现在感觉舒服一些了。他又摸摸荆棘密布的下巴。胡子，令他好奇的世界之谜，它们如何生长？它们像随时从剑鞘中拔出的利剑，霄跳上长椅，挥舞他粗横的胡须，猛地刺入这浓烈的黑夜。一场秘密决斗，躯干、腿、脚、手、臂，最后是头颅！

它倒下了。谁倒下了？没人倒下。

霄气喘吁吁地重新坐在长椅上，空气里的炎热加速了汗液流动，他浑身都被浸透。他用舌尖舔舔手指，觉得自己像是一块泡在盐水里的肉。

紧接着是饥饿袭击了他的胃，他赢得了决斗，却又被新的敌人击败。他抬起手腕，看了看那块黄铜表盘的石英表。马上就要九点了，他才意识到自己一整天都还没吃过东西。

（2）

被拆掉的李白雕像现在成了一只黄斑杂毛猫的王座，此刻它正将尾巴盘在身前，趴在李白的头顶眯着眼睛享受月光浴。它的家族成员分别占据了雕像的其他部位。自从雕像被拆除暂时丢在公园角落里，这里就成为这些野猫的聚集地，除了它们，应该没有人关心雕像的命运，但巧巧是个例外。

她现在背着双肩包，就站在雕像面前，那只黄斑杂毛猫正盯着这位闯入它领地的不速之客。

那猫眼中有什么？古老的秩序，统治整座公园的律法。它是至高无上的判决者，注视一切，在这无字的雕像上，刻满了腥膻的法典。

黄斑猫站了起来，弓起身子，尾巴绕起警惕的弧线。原本趴在雕像其他部位的野猫也逐渐朝着巧巧的方向站了起来，巧巧想靠近雕像用手机拍张照留念（她不知道以后还能不能看见这尊诗人的雕像），却被群猫站立的景象震慑，但她还是咬咬牙靠近雕像。她看见黄斑猫张开嘴，露出锋利的尖牙，她用手机对准雕像，"咔嚓"按下快门，白色的火光瞬间在空气中爆炸。随即，尖啸的猫叫声从里面传了出来，巧巧收起手机就跑，猫群在她身后紧追不舍。她跑过宽阔无人的林荫道，剧烈的运动将她的发夹震掉了，蜷曲的长发抖落在她背部咫尺的空气中。有些狼狈的巧巧在公园道路的尽头转向，最后撞进了正准备前往饭馆吃饭的霄的怀里。

目睹了这一次超新星撞击的猫群也停了下来，炽热的冲击波在它们绿幽幽的眼睛里迅速扩散。

第四幕

（1）

雪菜石磨豆腐、杭椒炒猪肝、蒜瓣南瓜、肉酱擂茄子，一小盘填满糖浆的芝麻脆烧饼，两碗素菇打卤面。

"我能再来瓶啤酒吗？"巧巧揉揉自己的肚子说道。

霄喊来服务员，加了瓶啤酒。巧巧将手又伸到那一小盘芝麻脆烧饼的上空，霄用帽子罩住了烧饼。巧巧看了眼霄，注意到他的头顶。

"头发怎么都白了？"

"与你无关。"

"你这人怎么凶巴巴的。"

"你先回答我几个问题。"

"可以拒绝吗？"

霄从口袋里掏出巧巧的手机，在她面前晃了晃。

"好好好，你问吧。但我回答完，你得答应把手机还我。"

霄点头表示同意。

"为什么跟着我？"

"觉得安全。"

"安全？我对你来说只是个陌生人，你就不怕我卖了你？"

"不怕。"

"为什么？"

"你眼里有光。"

"什么意思？"

"小时候我爸告诉我，夜里迷了路，就跟着眼里有光的人。"

"那你爸是个骗子。"

"说的没错，他是个骗子，骗了我妈跟我。"

"说来听听。"

"你要是想打听我的事，就先把手机还给我。"巧巧冲霄伸出手。

霄想了想，把手机还给巧巧。巧巧拿起手机看了眼，确定没问题后，放进包里。

"其实吧，你帮我把猫群赶走，我就知道你不是坏人。"

霄笑着摇了摇头。忽然感到刚才被巧巧撞的胸骨有点疼，用手摸了摸。

"你爸为什么骗你和你妈？"

"一个男人想离开自己的妻子和女儿，还需要什么理由？撒个谎就不见了。你看过魔术吗？"

"看过。"

"他就是高礼帽里的兔子。"

"喜欢魔术？"

"不喜欢，相反很讨厌。魔术就是骗局，只不过很多人愿意花钱遭受它的愚弄，你说那些人是不是很蠢？他们还信誓旦旦称它为艺术，简直无法想象。"

"那你觉得什么是艺术？"

"电影、话剧，还有画画音乐什么的吧，魔术顶多算是哗众取宠的街头把戏。"

"话剧？"

"对啊，就是演员站在舞台上说话，表演。怎么了？"

"没什么，只是没想到你会喜欢这个。"霄顿了顿，"我送你回家吧。"

"我回不去了。"

"为什么？"

说到这，巧巧忽然伤心地哭起来，她想起那些凶狠的债主和躺在自己床上身体冷冰冰的男人。现在警察应该已经发现了吧？说不定已经开始通缉她了，而债主肯定也在满世界找她的下落。她已经回不去了，只能不停地往前跑。

霄被巧巧突如其来的泪水弄得有些手足无措。

"我今晚能跟着你吗？跟你回家，或是去任何地方都行，我可以陪你睡觉，或者你想看跳舞吗？我小时候学过芭蕾，可以给你跳上一段儿。"

说着巧巧就站起来，将自己的衣服整理了一下，她从桌上的筷筒里抽出一支木筷子，将它从中折断，用其中一半将头发盘好。

在空荡荡的饭店大堂里，吊顶的大转叶风扇缓慢地转着，收银台的年轻服务员托着脑袋已经睡着了。他看上去都没有成年，宽大而沾有油污的白色工作服，罩住了他稚嫩的骨骼，有几只强壮的绿头苍蝇围着他晃来晃去，像是无法着落的直升机在空中盘旋。

巧巧站在大堂中央，把鞋脱掉。霄注视着她伸出纤细脆弱的脚趾，在那些油腻的黑白格子的地板上，在风扇忽而闪过的阴影中起舞。你瞧见了吗？那些古老而任性的命运女神，波德莱尔的欲念。霄听见夏夜的蝉鸣，汽车喇叭声，街上行人嘈杂无序的声音和醉汉的呓语全都离他越来越远，最后，它们都消失了。他的世界变得寂静无声，他看着眼前的巧巧，轻盈，舒展，小腿和腹部结实的肌肉在震颤，还有她脖颈末梢的发丛，汗液从其中淌下来，流过光滑的背部，被一道人工堤坝阻拦，渗透，重新滑入舞蹈内在的韵律之中。

巧巧喘着粗气，坐回到霄的面前。

"我可以跟你走了吗？"

霄没说话，看上去还有些犹豫。

"就今天一晚上，我保证，天亮之后，我不会再跟着你。"

霄敢肯定眼前的少女一定惹了什么麻烦，但他不确定这些麻烦会不会影响到自己，但同时恻隐之心也在蠢蠢欲动。

"好吧，就今天一晚。"

"太好了！我们去哪？你家还是？"

霄沉默了一会儿。

"去找一个剧团。"

（2）

"你不是喜欢话剧吗？"

"是啊。"

"那今晚我们就去看场戏，但前提是，我们得找对地方。"

"你没地址或是联系方式吗？"

"有。"

霄把自己写有那一串数字的手掌摊开来给巧巧看。

"这是什么？"

"线索。破解了它，咱们就能找到地址。"

"20—74—66？是车牌号吗？难道他们在一辆和宇宙飞船一样大的卡车上演出？"

霄摇摇头。

"我也没头绪，但如果像你说的是车牌号，那就难办了，这座城市有这么多车，我们怎么找呢？"

"到市中心的天桥去，那里车最多，我们可以一辆辆数过来。"

"如果不是呢？"

"那我们可以上网搜一下，说不定能找到什么线索。"

说着巧巧就打开手机，噼里啪啦的按键声传来。

"IP 地址……经纬度……车牌也不对，呃，这里有家酒吧叫 2066，在深巷街，要不要去看看？"

巧巧说完，抬头看着霄。霄想了想，总比一点眉目都没有要好，于是点点头，说，走吧。接着，他来到柜台前，叫醒睡着的服务员，为这顿饭结了账。

深巷街在城市的另一头，那是一条地道的酒吧街，整夜冒着啤酒花儿的香气。这座城市九十年前曾大面积禁过酒，起因是一次酒鬼们的革命，那些喝醉的壮汉抬着橡木桶，将里面填满火药，准备将整座城市夷为平地，然后在它的废墟上种满棕榈和热带植物，再盖上酒徒的伊甸园。但其中有人将酒鬼们的秘密告诉了军队，很快，这次未遂的荒诞革命便破产了。从那时起，市政府便颁布了禁酒令。

可酒的诱惑太大了，但凡尝过它美妙滋味的人，就算搭上自己的性命也要铤而走险再重温它的魔力。于是深巷街在那个缺乏激情的萧肃时代成了贩酒的黑市，也成了反抗的火种。那时深巷街也不叫深巷街，它叫老家伙狄俄尼索斯、泡沫自由，或软木塞军火库。

现在是晚上十点，霄和巧巧还能赶上最后一班去那的地铁。他们总共要坐十一站，无头骑士街、漂亮河、箭鱼码头、沉落太阳沙漠、顽童银行、四手佛寺、大白鹿门、小白鹿门、纸信封机场、烟蒂博物馆，还有深巷街。

"我还没问过你是做什么的呢。"巧巧走在霄的旁边问道。

"猜猜看。"

"作家。"

"理由？"

"你看上去太忧郁了。还有你的白头发，肯定是写不出东西急出来的。"

霄笑了，他还没有意识到这是他很长一段时间以来第一次笑。上次还是与爱人在一起的时候？他忘了，他似乎天生就不爱笑，笑起来也不好看，他羡慕那些笑得好看的人，所以他从不演喜剧。在那座舞台上，仿佛只要他一开口笑，露出那两排粉红的牙花儿，所有黑暗中的幽灵都在朝他吐唾沫。

"猜得不对，再给你次机会。"

巧巧停下来，仔细打量着霄，她伸出手摸了摸霄消瘦的脸，又摸摸霄的手臂。

"我好像预见过这个场景。"巧巧的眼神中充满了疑惑，自言自语地说着。

"哎，真的太熟悉了，算了，不猜了。"巧巧叹了口气，随后又像想到了什么，"你别误会啊，刚才我的身体都不受我控制，我可不是想占你便宜。"

霄又笑了，重新戴上帽子，继续朝前走去。

"喂，能不能别戴帽子，我觉得不好看。"

霄没有理会巧巧的话，她追上去，从霄的身后跳起来摘掉了他的帽子。

"还给我。"

巧巧将帽子扣在自己头上。

"有本事自己拿回去。"

说完，巧巧发出咯咯的笑声，转身就跑。霄摇摇头，追了上去。

（3）

老蒋的腿是为了救他心爱的女人而被撞断的。那天晚上，他骑着自己唯一贵重的财产，那辆大龟王摩托，后面坐着未来的蒋太太。虽然那时他们还不是法律意义上货真价实的夫妻，也没有举办过婚礼仪式，但老蒋觉得他们的生命已经交融在一起了，而让他确认这一点的时刻，恰恰就是在他骑着摩托，从下一个十字路口转弯时，一辆载着游客的改装大巴车撞上他的瞬间。他本能的侧过身子，挡在了女人的前面。

手术室是冰凉的。医生惨绿色的一次性手术服、刺眼的冷光灯、会反光的不锈钢刀具和仪器，都让老蒋觉得自己赤身裸体地打着哆嗦躺在珠穆朗玛峰顶。他想自己可能就要死了吧。可女朋友怎么办？剧团怎么办？还有远在他乡的父母怎么办？他还想到了霄，如果他死了，他以后的生活该怎么过？随即他又觉得可笑，没想到自己都要死了，还要操心这么多事。他能感到医生在这令人昏昏欲睡的房间里给他注射麻药。

他开始进入回忆，童年一切的时光：厨房里母亲充盈的爱、平底煎锅的焦煳味儿；父亲的双筒猎枪在森林响起那刻，飞鸟四射的黑蓝色天空；在学校傍晚的昏暗高廊下第一次亲吻女孩子的双唇，越过温柔沼泽的冒险；酒醉时，将尿柱滋在阔叶植物上四溅的水花儿；女朋友令他心碎的哭泣；还有接手老虎剧团时那个阴郁乏闷的午后。

他热爱他的事业，但从未从中赚到过什么钱，他搞垮了所有对手，最后却发现，在这个濒临灭亡的古老行业，无论他怎么努力，也没法拯救它，重现它的辉煌，更别说靠它赚大钱了。那时，老蒋开始动摇了，他要在这个城市扎根，要娶现在这位一直陪着他的女人，要为她和自己购置一个家，要负责剧团所有人维持生活的薪水（他欠了一屁股债），要给父母养老，他感觉肩膀上扛着一个世界的重量。

躺在手术床上的他此时感到格外轻松，"嗡嗡嗡"，他觉得自己穿过大气层，"嗡嗡嗡"，漂浮在无重力的太空中，"嗡嗡嗡"。

老蒋猛地睁开眼睛，"啪"地一巴掌拍在自己脸上。他抬起手，掌心有一只血肉模糊的蚊子，他从床上坐起来，捡起脚下的旧报纸，从上面撕下一块纸条，用它将蚊子的尸体擦掉，再揉成一个纸团，丢到一旁。他站起来，拿起靠在墙角的拐杖，看了眼挂在墙上的那把双筒猎枪，之后便一瘸一拐地打开休息室门，朝剧院后台的卫生间走去。

他在洗去手上血污的过程中，把水龙头开到最大，接着放声大哭。他多想将心中所有的暴虐留在天上和地下，让所有人都看看他挣扎痛苦的心。难道只有霄在承受失去爱人的痛苦吗？这座城市的街上到处都是失踪的爱人。老蒋也失去了爱人。前不久，他觉得注定要成为蒋太太的那个女人也离开了他，他瞒着所有人，连霄也不知道。他没有问原因，选择用沉默尊重他挚爱女人的选择，他明白这么多年来，她为他付出了生命中很多珍贵的东西，包括他们尚未出生就夭折的那个孩子。

这时老蒋的手机响了，他看了眼手机号，迅速擦干眼泪，关掉水龙头，调整了情绪，才接通电话。

"今晚哪里见？"

一个来自地狱的低沉之声。

"来我剧院吧，钱我都准备好了。"

"嘟嘟嘟……"

老蒋将手机丢进马桶，"噗通"一声，他喜欢这声音，清脆悦耳。

第五幕

（1）

一节车厢，面包块儿一样的车厢，未开封的空气罐头。它在黑暗深邃的地下穿梭，现在到哪了？穿过坚硬的花岗岩山地了吗？还是刚刚在河床底下发出轰隆隆的巨响？这是地铁，蠕虫般的生物，尼德霍格，诸神之黄昏。

巧巧靠在车门一侧，嚼着口香糖看着对面同样靠着车门的霄，这是通往深巷街的最后一班地铁，空荡荡的车厢里，只有凉飕飕的气流穿过他们的身体。

巧巧摘下帽子，抛出一个完美的弧线，霄一把接住它，重新戴在头上。

"下一站深巷街，请下车的乘客做好准备，本车开往……"

"我是个话剧演员！"

霄忽然说道。

"你说什么？"

地铁的噪声太大了。

"我说！我是个话剧演员！"

霄提高了音量。

"哈哈！我就知道你是个艺术家！"

巧巧笑了，霄也笑了。地铁在上升，在倾斜的幽暗中上升，一截伸出口腔，满是细菌的舌头。它出来了，它停下了，车门开了。

巧巧拉起霄的手跑了出去！瞧！这就是深巷街！永不熄灭的光明！喝不完的啤酒和威士忌！音乐！响指！敲架子鼓的刀疤恶棍！抱着吉他 solo 的性爱博士！吹萨克斯的小偷，骗子，浪荡汉！露出半边乳房的妓女，吸食月光的瘾君子，用奶水浇灌的草原太阳！整条街都在震颤，所有人都在碰撞，火花在人群中不断闪现四溅，琐罗亚斯德教教徒，波斯帝国被折断的雄鹰翅膀！

"瞧！它在那！"

霄顺着巧巧手指的方向，看见了那家名叫"2066"的酒吧，它处于这震颤鼓面的圆润一侧，一道巨大的光束投射到空中，那是《甜河酒神》，一部关于反抗的伟大电影。

"士兵诸君，粉碎军部长常年的横暴，正是时候了。士兵大众诸君，好好地想法打败仗，敷衍战斗，不要死，不要受伤，不要打仗。"

巧巧模仿电影里那个身着上校制服的男人的声音，激动万分地说出这一长串台词。

"你看过？"

"当然！我能背诵全部的台词！"

在被彻夜不休的灯光，升腾的酒气，以及穿破耳膜的音乐照亮的夜空中，悲壮的军人倒下了，人民在悲鸣，泪水从山顶滚落，淹没了遍布弹孔的土地，熄灭了整颗星球炽热的地核。这时候，沉睡千年的酒神苏醒了，他被这颗星球上生物的绝望和不快乐唤醒，他拎起盛酒的容器，埋在无名枯井里的一口破陶罐，使劲摇了摇，其中便溢出无尽的香浓酒水。它被酒神泼洒到空中，他要让这个世界好好大醉一场，让流满年轻之血的沟渠，成为一条真正的甜河。

而在巷子深处，有一双漆黑荫翳的双眼在闪动。

是谁？

告密者。

"天空不允许播放禁片！"

一个声音高喊！

全副武装的群鼠从各个角落冲出来，它们埋伏已久，冲散了尖叫荒乱的人群。

"快跑！"巧巧喊道。

霄跟巧巧在这夏日夜晚迷人又眩晕的图景里不停奔跑着，他们在其中沉落漂浮，像是冲出大气层，融入了宇宙彻底的黑暗中。

（2）

"滴（do），滴（re），滴（mi），滴（fa），滴（sol），滴（la），滴（xi）。"

1234567。音符开启命运之门。愚蠢丑陋的电子锁。那位鸟类学家的洞府。

"进来吧。"巧巧先走了进去，确认没有警察或是其他人后说道。

"这是你家？"

"不是。"

说完，巧巧就躺倒在客厅沙发上。

"把门关好。"

"这是哪？"

"一个……朋友家。"

"他人呢？"

"死了。"

"死了？"

"你别问了。"

"你得告诉我是怎么回事。"

巧巧看了看霄认真的脸，叹了口气。

"哎，好吧，他定期给我点钱，让我陪陪他——"巧巧说到这儿的时候，停顿了一下，看看霄，又继续说，"但他今天晚上来我家找我的时候，死在我家了，我又正好碰上追债的，就跑出来了。"

"什么？"

"我不是故意的……但他的死真的跟我没关系，我睡醒一觉后，他就没气了。"

霄就知道巧巧跟着自己绝没有那么简单，他现在在思考自己是否牵扯进了这桩命案，分析巧巧有没有说谎，他在抉择是否离开。

"你怎么证明自己没杀人？"

"你不相信我？"

"现在满城的警察肯定都在找你。"

"所以我要逃，我可证明不了。我请不起律师，也没人会给我作证，我是那个男人最后见过的人，他们会发现他身上满是我的指纹，也没人会相信我，就像你现在这样。我这样的人，被抓住只有死路一条，可我真的不知道他怎么死的，我发誓我没杀人！"

"你搞砸了。"

"是，我搞砸了，"巧巧看着霄，"那你呢？"

"我？"

"是啊，晚上不回家的人只有两种，一种是流浪汉，一种就是像我这样只会搞砸生活，搞砸一切的失败者。不是吗？"

巧巧带着讥讽看着霄，霄没说话。

"你为什么不说说自己？看看你那圈在黑夜里闪闪发光的戒痕，还有狐狸般衰丧的脸吧，你爱的女人离开你了吧？"

"闭嘴。"

"怎么？被我说中了？她是因为钱离开你的？因为你没有上千平的大房子和亮闪闪的跑车离开你的？还是因为你连让她提起性欲的兴趣都没有？"

"我让你闭嘴你听见了吗！"

霄冲巧巧大吼道。

"你真无能，只会幼稚地大喊大叫。"

霄举起茶几上的花瓶，举过头顶，举过愤怒的边缘。

"霄，你为什么还活得像个孩子？"巧巧异常平静地看着他。

霄愣住了，喘着粗气，胸膛波涛般起伏着，他的爱人也说过同样的话，他对未来缺乏规划，他缺乏野心，安于现状，他只想做个穷困潦倒的艺术家。

霄长出了一口气，慢慢将花瓶放下，一下子坐到了地上。

"你说得对。"霄自言自语道，"我没出息，给不了她想要的生活。"

霄把帽子摘下来递给巧巧。

"送给你吧。"

巧巧犹豫了一下，将帽子接过去。

"对不起啊。"

"没什么对不起的，一直以来，我确实活得像个孩子。"

霄从上衣口袋里掏出烟盒，点上了一支烟。

"给我来一支。"巧巧说道。

霄将烟盒和打火机抛给巧巧，她把玩了一下烟盒。

"真漂亮。"

"我爸是个舞台工人，一生没有什么成就，他谦卑的生活，唯一让他自豪的应该就是我和这个烟盒了。"霄顿了顿，"他羡慕那些在舞台上留下不朽身影的伟大演员，克列而霍、萨巴蒂、裴方、卡迪、白川玖、大胡子伊万……我不想让他失望，所以从小就决定要成为他们中的一员，我想让所有人都知道，一个舞台工人的孩子也能位列那些伟大的身影之中。那个烟盒，就是萨巴蒂在一次演出结束后送给我父亲的，我父亲说什么来着？'这可是萨巴蒂的烟盒！这可是萨巴蒂的烟盒！'他把烟盒藏在怀里，不分昼夜地擦拭，晚上睡觉的时候也将它放在耳边，仿佛在梦里也要听见那些来自舞台上不朽的痛苦、自由、快乐和哭泣。后来，等他死的时候，手里还攥着这个烟盒，他全身都插着管子，像是被缠满荆棘的基督，他说不了话，脸涨得通红，凸出的眼珠死死盯着我，直到我从他手里接过烟盒，他才咽了气。"

霄将吸食殆尽的烟屁股丢进花瓶里。

"你知道吗？我觉得，我可能天生就是个失败者。"霄忽然说道。

巧巧看着霄，她本想安慰霄，可忽然觉得这种不假思索的安慰也是一种欺骗。短暂的静默降落在他们之间。

"要我说，你得学会忘记。"

"怎么忘记？"

"我也不知道，但总有办法忘记。"

"对了。"说着，巧巧想到了什么，从沙发上跳下来，坐到霄身边。

"你跟着我做。"巧巧说完，就闭上眼睛，将头埋在自己的臂弯里，接着又把头猛地抬起来，深呼吸了一口气。霄也学着巧巧的样子，将整套动作做了一遍。

"好了，我已经忘了刚才跟你吵架的事了，你忘了吗？"巧巧睁开眼睛扭头对霄说道。

霄笑着摇摇头。

巧巧哈哈大笑，不老实的双腿踢到了茶几，"轰隆隆"！两人面前的电视墙在移动，一个暗室暴露在两人面前。

"那是什么？"霄问道。

"我也不知道。"

巧巧从地板上站起来，走入暗室，霄也跟了进去。

（3）

老蒋坐在镜子前，专心给自己化装。自从接手老虎剧团以来，他再也没演过他心爱的角色，一个末代国王侍前的骄横弄臣。

那是位英年早逝、雄心勃勃的皇帝。在帝国崩殂前夕，站在火光四溢的宫殿中，命弄臣将自己高贵的头颅割下，以免受到敌人的羞辱。对他来说，那是比死亡更毁灭的打击。

"拿去！给它找一位配得上它的主人！"

弄臣将头颅送给一位患有梅毒的妓女，妓女乘船带着它，穿过衰落的海域，逃到一座小岛，拥有黯淡王冠骷髅的她，被披着棕榈叶裙子的黑皮肤土著奉为神明。

而弄臣，这镜子前为谢顶焦虑的弄臣，给自己庄重地戴上了一顶充满刺鼻胶水味儿的假发套。

　　做完这一切，老蒋用两根手指从桌上的盘子里，夹起厚实崎岖的柠檬片儿。"噗通"，海面溅起了一大片清凉的水花儿。

　　他把钱包里的钱都掏出来整整齐齐叠在桌面上，铺平上面的皱纹，最后取出一张女人的照片放在上面。他看看时间，马上就要晚上十一点了。他把钱和照片揣进口袋后，就把钱包丢进了垃圾桶，将杯子里的酒一饮而尽，取下墙上那把父亲曾用来猎取飞禽走兽的双筒猎枪。用它撑着地面，一瘸一拐走出了化装间。

（4）

　　呕吐。

　　始料未及的呕吐。

　　巧巧把晚上在饭店里吃的东西都吐了出来。房间里弥漫着一股陈旧酸腐的气味，他们像是走入一块巨大的发霉蛋糕。

　　霄把灯打开，两人被眼前的景象震惊了。这简直是一座小型的自然博物馆，四处遍布着鸟类标本。除此之外，还有密密麻麻的鸟蛋、鸟皮和许许多多昆虫及爬行动物的标本。

　　霄大概扫视了一圈，大多是没见过的鸟类，有一些标本上贴着说明，阅读之后霄和巧巧才知道，这些都是已经在这个星球上灭绝的鸟类，有些标本只剩下两片破损的下喙，或是几块残缺的躯体骨架。

巧巧一边把嘴角残留的呕吐物擦干净，一边将一个挂在标本上的说明牌翻过去，上面有钢笔字迹标着不菲的价格。

"怪不得他那么富有，肯定是在偷偷贩卖这些东西。我就说，他一个鸟类学家，怎么家里一点跟鸟有关的东西也没有，原来都藏这儿了。"

霄没有说话，一只类似鸵鸟的大型鸟类标本令他着迷。它仿佛还活着一样，保持着在旷野中匀速奔跑的姿态。它的羽毛是黑蓝色的，有一只引人注目的冕、曲折的脖颈、强壮的下肢、一张布满角质鞘的三角形嘴，空洞的眼眶等待被人点亮。

霄想伸手摸摸它的羽毛，但手刚碰到那退化的短小翅膀，它柔软的肚子就裂开一个大口子，从里面"哗啦啦"掉出一堆东西。

灰尘迅速在暗室里扩散。灯光下，这一过程被催化，霄看见那些灰尘落在自己白色的头发上。他想起早上在卫生间抽过的那支烟，烟气也正如同这灰尘在他头顶盘旋。

"这是什么？"

巧巧捂着鼻子，在那堆从鸟肚子里掉出来的东西里，用手指夹起一本书，在霄面前晃荡。霄从巧巧手里接过书，掸了掸书上的灰尘。书的封面是用纯牛皮做的，上面烙印着几个烫金大字，霄仔细看了看是 1901 年在柏林出版的首部《柯赞戏剧选》。

这正是霄最梦寐以求的一本书。多年来，他收集了柯赞所有版本的戏剧选和戏剧理论，唯独买不到这一本。这本书哪怕在黑市上也有价无市，而一些拥有它的幸运儿也仅仅拥有的是缺少众多书页的残本。像这么完美的版本，霄还是第一次见到。

巧巧还在翻那些东西，她从里面又找到几本存折，几颗珍贵的宝石，一些绝版的唱片和电影海报。

"谁会把这些东西藏在鸟肚子里？"

霄翻开那本《柯赞戏剧选》，一张照片从书页里滑出，他从地上拾起来，上面是一个男人和妻子与女儿的照片，他把它递给巧巧。

"这应该是那个鸟类学家吧。"

巧巧看了眼照片，正是那个男人。

"怪不得。"

"怪不得什么？"

"没什么。"

巧巧想起背后包里的照片，想起第一天将酒醉的男人带回家的情形，想起他看着照片里自己与父母合照时的神情。

"这些对他来说应该都是最珍贵的东西吧。"巧巧在心里这么说道。那个鸟肚子就是他的背包，阿里巴巴的藏宝洞，埋葬秘密的墓穴。

霄被书中的一段描述迷住了，它记录了柯赞设想的一种从未出现过的实验戏剧表演方式。在人们不知情的情况下，收到发起人的邀请后，他们便已经进入了这一出戏剧的表演。大幕已经拉开，没有任何戏剧意义上的剧本，此后他们一切的日常行为和遭遇的事件，都将被看作是最真实的戏剧表演。换言之，他们就是戏剧本身。

而邀请的方式多种多样，这场戏剧只有发起人洞察一切。他可以给你一串毫无意义的数字，也可能是对你说过的一句无关紧要的话，或是突如其来朝你脸上飞去的一拳。这是信号，是赛跑前的枪声。

唯一结束这出戏剧的方式便是收到邀请的人们，意识到自己受到发起人的愚弄而变成了这出戏的一部分。一旦有人意识到这一点，戏剧便立刻终止。

"啪！"

霄合上了书，抬起手掌，看着早已被手汗弄得模糊不堪的那一串"20—74—66"。

"这不是线索，是邀请。"

"什么？"

"跟我走，我知道那个剧团在哪了。"

第六幕

外面下雨了。

在舞台的正中央，老蒋把枪杵在地上，坐在椅子上，面对空无一人的观众席，吹着轻快的口哨。回音的旋律在剧场里碰撞，又反弹回来。

"哦！看看那是谁？"

空无一人。

"我亲爱的陛下，您想让那些奸猾的大臣都闭嘴吗？"

老蒋站起身来，解开裤子，冲着舞台中央撒了一泡尿。

"什么？好的好的，我这就照办。"

老蒋提上裤链，冲着空气大喊。

"去拿剑来！陛下要割下自己的头！"

"咣当！"

正对着他的剧院大门被打开！老蒋下意识举起猎枪，对着来人。

是披着雨水的霄和巧巧。

"你终于还是找到了。"老蒋放下枪，笑着说道。

霄一步一步走下台阶，巧巧跟在霄身后，他一直走到老蒋面前。

"为什么要这么做？"

"你指什么？"

"所有这一切！"

"霄，你还记不记得，咱们认识的第一天，好像也是跟今天差不多的夜里，都说过什么？"

霄沉默了。

"我们说，终有一天，终有一天！要一起演一出伟大的戏剧！"

"所以你尝试了柯赞从未实施过的理论，是吗？"

"没错！我们是全世界唯一这么做的人，你不高兴吗？"

"可没人知道。"

"伟大从不需要让人知道！"

"你看看那些被机器和娱乐愚弄的人群，他们早就抛弃了艺术！所以艺术也会抛弃他们！"

"你疯了。"

"砰！"

老蒋朝着天空开了一枪！

"霄，我以前不愿意承认，但你说得对，我们就是失败者，所以我得跟自己做个了结。"

"你把枪放下，也许世界没那么糟，是我们把它想得太糟了。"

"让开，枪炮无眼，免得一会儿伤了你。"

"你要干吗？"

霄话音刚落，一个面相凶狠的男人领着地狱的仆从冲进剧院。

"老蒋，钱呢？"

"在这。"

老蒋话音刚落，就举起枪朝那帮人射击。第一声枪响，让霄想起了火车轰鸣而过的声音，接着是第二声，第三声，粗圆的空弹壳落在舞台上，枪口冒出一团又一团的白烟。那群人也拔出枪，与老蒋对射。霄将巧巧扑倒在地上，捂住她的头。

霄能感觉到子弹贴着他扬起的白发飞过，浓烈的火药味儿让他开始想象柯赞在索姆河战壕里最后看着这个世界的样子。他害怕吗？为了即将到来的死亡，他称颂上帝了吗？还是他像个孩子一样，落下了包裹着对整个人类失望的泪水？

枪声渐渐远离了他们，在绝对轰鸣的枪声之后，迎来了绝对的安静。霄慢慢爬起来，看见观众席上满是尸体，舞台上都是弹孔。老蒋的身上也是，他依然坐在舞台中央的那把椅子上，靠在修长的猎枪上喘着粗气，血流如注。

霄跃到台上，去帮老蒋按住身上那些深不见底的弹孔。

"没用的。"老蒋摇摇头。

"他们是谁？"

"放高利贷的。为了剧团，我欠了他们一屁股债。"

老蒋说完，一把揪住霄的衣服，凑近霄的耳边。

"看啊，看啊，驶向悬崖料峭下燃烧的战船。看啊，看啊，囚困在细盐和火烧云中的水手。"

说完，老蒋失去了力气，一下子栽倒在舞台上。

巧巧走了上来，静静蹲在霄的身边。

"他刚才跟你说什么？"

霄没说话，外面响起了越来越清晰的警笛声。

"跟我走吧。"

霄对巧巧说。

"去哪？"

这时，城市的巨钟响了，午夜已过，新的一天已经来临，可外面，只有雨声和钟声在四周回荡。

—幕落　终—

未来田野调查

礼拜天正午的某个时刻，男人正蹲在一块规整的方形土坑里用仪器仔细扫描岩层和土壤，充足的阳光经过陆地上数以万计的反射板，倾泻进他面前这座编号为"1"的车马坑里。他聚精会神地盯着仪器屏幕，生怕漏掉任何有价值的发现。他刚用过午饭，那是一顿加了鸡胸肉的麻酱意面，这是他多年来保持的习惯。如果身心愉悦，以前他还会让助手给他再倒杯葡萄酒，坐在坑边对着眼前出土的文物发一会儿呆。可今非昔比，他的日子大不如前了。

他曾是当地一位颇有名望的考古学家，在过去的二十年里，主持过多次卓有成效的考古项目，填补了许多历史空白。此刻他正进行一项田野调查，如果顺利的话，说不定可以揭开上一纪文明灭绝的原因。

这次田野调查的契机来自一个做小买卖发了财的商人，他准备在刚买的土地上盖一幢六层小楼，打地基时却挖到一只变形的轱辘。原本他并未在意，自从第三次小冰河期后，人们总能从自家花园和田地里挖到些永远不会降解的垃圾。他叫工人继续施工，可第二天，当工人们挖到一整具完整的生物遗骸后，他才意识到事情的严重性，立即通知了当地文物部门。

文物局自上而下都认为，这不过又是一次平平无奇的挖掘项目，没人愿意为此花费太多精力，工作人员都消极应对。

可考古学家却嗅到这次调查中的某种机遇，这种预感的准确性曾在多次令他声名大噪的考古活动中，得到过证实。自那件令他身败名裂的事过后，他在文物局的地位便一落千丈，也失去了很多外出工作的机会。他忍受不了与他热爱的工作分开，更忍受不了每天无事可做的煎熬，那种无意义的消磨比杀死他更难受。所以这次，他主动申请负责此项目。上级见总算有人应承，痛快批准了他的申请，还给他调了一个新助手。

在他人生最辉煌的时刻，曾拥有一个美丽性感的女助手，不仅在工作上对他帮助良多，在床上同样也深得他的欢心。女助手很快便成为他的情人。所有人都知道他们之间有一腿，但他从不掩饰这段关系。事业上获得的巨大成功似乎成了他的障眼法，所有人只会注意他的功绩，没人会在乎他私生活里这一点点的瑕疵。

他对人们的想法了若指掌，有时候，他甚至觉得自己掌握了人性，这令他飘飘然。最后他妻子也得知了这件事，他唯一不能掌握的便是妻子的反应，因为他觉得还爱着对方，所以他曾有过短暂的担心，可那也不会对他构成任何威胁。奇怪的是，妻子始终忍气吞声，当他忐忑地度过一段时日后，他认为妻子已经默认这个事实，接受了他的婚外情，并且拿他无可奈何。他为此扬扬自得，那是一种胜利者的姿态，意味着世上再没什么可以阻挡自己。

此刻，他正试图找到在上一次冰河期灭绝殆尽的小黄马残骸，这有助于判断此次田野调查的性质。商人挖出来的那具残骸由于暴露在空气中太久，已经很难分辨是不是他要找的小黄马了。哪怕商人曾向老天发誓，也无法让他相信。要知道考古学是门严谨的学科，仅靠陌生人对神明的发誓，可发现不了历史真正的秘密。

很快，从不远处的2号坑传来好消息，他们又挖到一具完整的残骸。

它就那么安静侧躺着。考古学家蹲在一旁，欣赏眼前这美丽的生物，他用柔软细密的毛刷一点点清理遗骸上的泥土。当整个遗骸清晰出现在众人面前时，所有人都发出赞叹，甚至有人提前恭喜考古学家又一次开启了考古学的新纪元。

此时，考古学家的内心充斥着一种复杂的情感，他的思绪穿越到万年前，当时，上一纪文明在全球大范围实行这种代步生物，只需要用某种工具扫一下小黄马背部的刺青，或者输入编号，就可以掌握使它顺从的缰绳。

这是上一纪统治地球的文明为了拯救自己赖以生存的环境而做的最后努力。显然，这也成了泡影，小黄马并没帮他们抵挡住灭绝的命运。想到这，考古学家流下了泪水，他擦拭干净，让客观冷静的头脑重新归来。

在当今学界，盛行这样一种学说，上一纪生物正是因为他们自身 DNA 的缺陷，才在文明末期无法抵抗糟糕的空气污染，从而导致寿命衰减，生育率呈几何式滑落，最终成为地球漫长历史中又一次消亡的物种。在现今出土的生物化石标本中，也体现了这一学说的权威性和可靠性，这是迄今为止整颗星球都认同的学说。考古学家曾经是其忠实的信徒，他为此充满同情心，而这种同情心（或称之为移情能力）来自于对自身命运悲剧性的预知。

但戏剧性的是，从他来到这片土地上，准确地说，当他清理出这一具完整的小黄马遗骸后，他就开始本能地质疑这一学说的合理性。

现在他开始仔细观察眼前的这具遗骸。它的生物构造非常奇特，这种在神话、文字和电影中被描绘成身形俊朗、快如闪电的生物与此刻呈现在考古学家眼前的遗骸完全大相径庭。

它的蹄足由两个轮状的骨骼构成，而且没有通常意义上的颅部和发达的视觉系统，但却拥有一对用来支撑骑乘者平衡，形似方向把手的前肢。还有一对类似马镫、可以自主循环的动力器官。这颠覆了某些自新考古学诞生以来就确定无疑的观点，这样的构造违背了科学。

考古学家认为自己挖到的可能是一匹患有某种先天性疾病的小黄马，疾病导致了它畸形的模样。既然上一纪处在食物链顶端的生物都拥有 DNA 上的缺陷，那么这具小黄马拥有更多的遗传异变也无可厚非，至少在概率学上说得通。他稍稍拾起信心。可挖出第二具同样的小黄马遗骸时，他又重新陷入困惑。这时从 2 号坑、3 号坑，以及一个尚未标明的挖掘坑都传来了类似的遗骸出土的消息。

他清点了一下，面前总共有十具小黄马遗骸，这些遗骸在身体的基本构造上展现出惊人的一致性，唯一不同的是，身形有高有矮。难道它们都是同一匹患病的小黄马的直系后代？可从小黄马的刺青及编号上看，每一匹都是独立的个体，他们之间不存在任何血缘关系。

一股前所未有的无力感向考古学家袭来。他试图说服自己还有别的可能性，可事实就是事实，对事实视而不见那就是撒谎。最后，他决定接受事实，虽然这令他沮丧，但从另一个角度看待整件事，就没那么糟糕了。比如他的预感再一次得到证实，这确实是一次重大的考古发现，能让他重新挽回尊严、地位，甚至是已破碎的婚姻。

如果不是那件事情将他击落，他也许还意识不到自己的问题出在哪儿。那是个阳光明媚的午后，他正与女助手在床上做爱，女人发出令他冲动的娇喘，每当这时，都是他专心冲刺的阶段。可当他即将喷涌而出的时候，一伙匪徒闯入，把他从性感风骚的女助手身上拉下来，粗暴地给他套上头罩，带到某个荒凉的地方，要他打电话给家人，索要赎金。他这才意识到自己被绑架了。开始他不肯就范，最后听到女助手用熟悉的声音威胁说要将他做爱的录像公布到网上，他才恍然大悟，最后心如死灰地拨通电话，让妻子按约支付一大笔赎金后才被放了回来。当晚，妻子便提出了离婚。

而女助手并未履行诺言，他做爱的录像迅速在网上传播开来。工作上的竞争对手，单位刚成年的实习生，经常卖酒给他的女老板，几乎所有熟识他的人都欣赏过他拙劣的床技。每当他想到单位里所有的人都看过自己的裸体和生殖器，甚至是自己一直以来努力掩饰的那微微鼓起的肚腩，他就感觉心中有堵墙被摧毁了。每个人看向他的眼神都像在羞辱一个好色的蠢货，他唯一能面对的只剩那些深埋在地下的文物。

他仔细研究了所有遗骸的出土位置，它们生前似乎围绕着某样东西，形成一个不规则的圆形，更像是为了这样东西而专门服务的。考古学家根据自己多年的经验，判断这里一定存在某座生物聚居地的遗址。他为自己的新发现重新振奋起来，急忙喊来助手和挖掘工人对整块区域进行了勘测，发现遗址的面积值并不大。考古学家感到疑惑，这会是一个怎样的区域呢？他无法想象。但唯一可以肯定的是，这下面应该埋着比小黄马更重要的发现，兴许可以震惊全世界！考古学家一想到这，便不再犹豫，当即叫工人开始发掘作业。

工人们连续挖掘了一小时后，果然像考古学家预测的那样，地下逐渐显现出某些建筑物才具备的特征。考古学家亲自拿起工具小心翼翼地指挥工人继续清理，没多久，被掩埋了上万年的建筑便露出了端倪。就在这时，一个工人脚下发出一声巨响，一大块沙土"唰"地滑了下去，众人纷纷爬出坑外，很快坑的正中心露出一个黑漆漆的洞口。

考古学家不顾其他人劝阻，重新下到坑里，站在洞的边缘，用手中柔软的毛刷谨慎清理了洞口上方一块被沙痕掩盖的地方。不一会儿，上面出现了"七号线—上大路站"的字样。这是上一纪文明使用过的文字，并不难懂。在语言系统上他们继承了上一纪文明的某些特征，很多地方是共通的，他花了点时间就破解了其中的奥秘。

但文字所代表的含义还是令他感到震撼，这里居然是一个地铁站的入口！这意味着地下可能有一个尚未被破坏的空间，说不定里面还保存着一套完整的史前社会生态系统。

当今世界，还从没有人找到过一座真正的地铁站遗址，只在世界各地一些零零散散出土的文物铭文中记载了一些对这种曾广泛分布在大陆上的建筑形态的描述，没人知道它原本的样貌和真实用途。考古学家明白这次发现会将他的名字载入史册。

他欣喜若狂，迫不及待把这个消息汇报给了上级部门。可当他冷静一些时，又有些后悔了。这个电话在此后的一个多小时里连续发酵，政府立即宣布戒严，在附近生活的群众收到即刻撤离的通知，一队训练有素的军警很快到达现场，将现场保护起来，考古学家和他的调查队遭到隔离。

等遭受一番讯问，并被告知不再拥有继续挖掘的权限后，考古学家才被放出来。那时天已经黑了，他感到有些疲惫，可职业的本能告诉他，他肩负着填补关于"地铁站"这一块历史空白的重任。他眼前似乎出现了万年前这一片区域辉煌繁荣的景象，地铁口四周休憩着数量壮观的小黄马群，有贩卖南北蜜饯、水果和烧肉的市场，还有顾客如云的餐馆。已经灭绝的上一纪生物们带着笨拙的口罩，在这里进行商业活动、交流以及漫长的地域旅行。

考古学家回过神时，发现自己正站在地铁站遗址的面前。他想进一步走近，守卫在两边的军警便用黑洞洞的枪口拦住他。他看着夜色中的遗迹，做出一个决定。

趁着天黑，他带着自己的简易工具包与助手穿过黑暗，避开军警的巡逻，从此前他们挖的另一个车马坑处偷偷越过守卫的盲点进入了地铁站里。

那里面的气味并不好闻，像堆了很多死掉的兔子。他跟助手打开手电，光束穿过黑暗中的尘埃照亮眼前的景象。

这是一个宽阔的大厅，四面的墙体用考究的大理石镶嵌，有公共卫生间、便利店和电梯这样配套齐全的设施。他让助手将这一切记录下来。

卫生间则被一块巨石挡住了入口，他们试着移动它，可失败了。电梯的按钮已经失灵，承重的粗壮缆绳早被截断，电梯轿厢坠入了深渊。他们只得走进便利店，那里的货架上依旧整齐摆放着变形凝固的巧克力、碳化的面包、沾满灰尘的小熊玩偶，以及满满一柜五颜六色的瓶装液体，甚至还有写满文字的杂志和报纸。助手由于好奇，打算去拿，可只是轻轻一碰，那些杂志报纸便碎成粉末，飘散在空气里。

看上去是一次突如其来的灾难，像远古时代被火山湮没的庞贝古城那样。

他们继续往前走，在大厅中央小心翼翼穿过几部破损的闸机，看见右侧有一道整齐的台阶通往更深的地下。他们顺着阶梯往下，随即，一辆安静肃穆的列车出现在眼前。列车在这里至少停留了上万年。助手拉开车门，里面整整齐齐排列着同一种生物的遗骨，大部分遗骨的头部都朝着车门的方向。看来灾难发生时，他们根本来不及逃生。

考古学家戴上手套，从一具遗骨的手里取出一部看上去是用来拍摄的便携型机器设备。它似乎是这场灾难里唯一的幸存者，表面和内部的机械构造完好无损。他很快找到一个类似充能的接口，试着将带来的能源仪接进去，机器迅速被灌入了电，一万年来第一次运转起来。

　　机器在他手中忽然放出光芒，无数图片、语言、视频信息展现在他眼前：其乐融融的家庭场面，一些琐碎的生活片段，还有与现在截然不同的大海、沙漠、山脉这些地貌特征。最让他吃惊的是上一纪生物骑着小黄马在林荫大道间飞驰奔腾的场面，这时他才明白小黄马只是一种人造机械，并非自然进化的有机生命。他感慨自己和这个世界错得多么离谱。

　　这时，他从机器里看见上一纪生物在这个地铁站里灭绝的最后图景，先是一个生物感到窒息而倒下，接着是第二个，第三个，第四个……恐慌开始蔓延，它们迅速而致命。那些自私贪婪的生物们争先恐后地想要逃出去，骑上外面的小黄马仓皇离开，却最终死在同样充满求生欲的同类手中。

　　那一刻，关于上一纪文明灭绝的巨大真相，他已了然于胸。他太熟悉眼前这幅景象了，他的婚姻就是这样坍塌的。此刻，他人生里一幕幕的回忆与这些波澜壮阔的图景交织在一起，遗骸、岛屿、列车、沙漠、妻子的吻、死亡、季节更迭、女助手的乳房、麻酱意面、一张张揶揄鄙夷的脸、军警残忍的声音，它们充斥着他的脑海，他承受不了这么多忽然涌入的信息，感觉自己就要被摧毁了。终于，机器像是完成了历史任务，"砰"的一声碎成两半，他终于崩溃了，痛苦地捂住脑袋，大喊出来。

地铁站在经历了地层上万年的挤压后，再也经受不住这一声淤积已久的喊叫，开始剧烈抖动起来。考古学家头顶落下大块大块的沙土，四周古老的大理石墙壁正在裂开，助手拉着他往外跑，地铁站隆隆作响，废墟在他们身后有秩序地倒塌，像是一首早该倾颓的挽歌。可他已经不在乎任何事情了，他感到前所未有的轻松，本能向前跑去。

他不知道出口在哪，也不知道命运要将他推向何处。他唯一知道的是，如果能活着出去，一定要撕掉那份自己拖延了半年的离婚协议，接着去一趟清晨五点的花店，买一束还沾着新鲜露水的玫瑰，趁妻子没醒，亲吻她的额头，将爱意轻轻放在她耳边。

蜃歌

她们坐在绿色的海岸上，看见迷途的船只驶过，就唱起动听的魔歌。

——《荷马史诗·奥德赛》

对他来说，下午三点到五点之间，是一天中最煎熬的时刻。他总是在此时坠入一种无形的绝望，像是四周全部暗了下来。

他需要找一个亮堂堂的地方打发时间，哪怕气味混杂，空间拥挤也没什么，最好是有人不断走动，交谈，才能平复他心中的焦躁。

墨西拿是个好选择，他喜欢这家酒吧。酒吧紧挨着一家高耸的五星级酒店，像一条鲫鱼吸附在身躯庞大的鲸腹上。事实上，酒吧也属于酒店，两者之间的通道由一扇门连接，目的是为了方便那些初次来这座城市，还人生地不熟的房客们有个休憩就餐的地方。

在酒店入住的大多是些外国人，他们每天都会坐在酒吧里消磨时间，聊天的时候发出洪亮的笑声。以往他都会点一杯啤酒或是咖啡，接着在酒吧里找个角落坐下来，静静观察四周的一切。

雨季已经持续了月余，酒吧里挤满了被打乱行程的游客们，有些拿着地图激烈地和同伴争论新的旅行路线，还有些人他们只是坐着。对，就那么干坐着，什么也不打算做。

而今天，他常坐的那个位置被一对儿看着面生的亲密情侣占领了，他只得把屁股挪到吧台去。起初，他并没有注意酒吧里响起的音乐声，但之后酒吧里乏味的一切，让他的注意力转移到音乐上面。那是首旋律熟悉的歌，他脑海中似乎有沉睡的记忆正被唤醒。他仔细回想了刚才听到的那几句歌词，准确判断出了这首歌的名字和演唱者，是海鸥乐队的《比萨》。

这支乐队在 80 年代中期活跃过一阵儿，发行过一张仅收录了 6 首歌的专辑（其中两首还是 demo），此后便销声匿迹，没人知道他们的下落。有人说他们集体出家了，在中国西南部某座云雾缭绕的山中道观问道求仙；也有人说，因为他们的唱片销量不佳，在最后一场人数寥寥的巡回演出后，所有乐队成员便就地解散，重新潜入庸常生活的洪流中。直到最后，就连谈论他们下落的人也变得所剩无几时，他们便彻底消失了。

　　他沉浸在久违的旋律里，回想着整件事，毕竟听过这支乐队的歌曲的人屈指可数。他靠着吧台，唤来侍者，问他是谁在放这张被遗忘的唱片。侍者奇怪地看了他一眼，那眼神令他困惑。可还没等到开口回应，侍者便又被其他客人叫走了。他只得顺着音乐声自己去找。他一路来到酒店顶层，在一个房间门口停下。他确定那声音正是从这里面传来的。他敲敲门，没有反应。又反复尝试几次后，依旧没有人来给他开门。此时整个楼层只有他一个人，四周静悄悄的，仿佛能听见空气中尘埃落地的声音。

　　难道房间里的人出去后，忘记关音响了？可他看到从门缝里溢出的光落在自己的脚面，又看看走廊尽头唯一的那部供房客上下的电梯。如果刚才有人离开，他应该会在电梯打开的时候见到对方。可他什么也没看见。或许对方走的是安全通道？

　　他又走到楼梯拐角，那是安全通道的入口。他趴在扶手处，朝下面看去，螺旋状的阶梯像是幻觉中的产物呈现在他眼前，可令人眩晕的尽头看不见任何动静。

　　人会去哪呢？他不得不生出另一种猜测，可能那人躲在这层楼其他的房间里。于是他转身看看身后那些紧闭的房门，和以阿拉伯数字命名的房间号，每一扇门后面都有可能是他。说不定，此时此刻他正透过门上的猫眼观察着自己的一举一动。

想到这，他的脑海中浮现出一幅异景。每一扇门的后面，都有一只黝黑转动的眼球，它们动作整齐划一，跟随着他在楼道里走动的路径形成某种潜在的轨迹。

回去后，他躺在床上，回想着今天发生的事，兴奋得有些睡不着。他越是这样想，越是感到一种前所未有的刺激正冲击他乏善可陈的生活。这是一种好的转变，不是吗？他在心里反复问自己，确认内心深处真实的想法。

半夜，外面的雨停了，马路上潮乎乎的，反射着鳞片般的光。他又来到墨西拿。晚上的客人有些稀少，里面只坐着一名外国男性，面前放着一本城市旅行指南和一大杯冒着白色泡沫的啤酒。他经过时，借着灯光，看见书上写的似乎是俄文。那样奇特的文字他不会看错。他又装作不经意打量了一下男人，他的鼻梁挺拔，眼眶深陷，他猜男人可能来自东欧某个国家或是俄罗斯的某座城市。

会不会是这个外国人呢？

他坐在老地方，侍者是另一个高个子的年轻人，右耳耳垂有一个耳洞。他拿着菜单，端着一杯柠檬水走到他面前。将水放到桌上时，他才发现侍者右手的每一根手指上都有一圈圈螺旋状的文身。

他想起白天在安全通道里那幻觉般的阶梯和楼层的那一幕脑中异象，感觉像是做了场埃舍尔营造的梦境。侍者打断了他的思绪，问他需要些什么，他翻翻菜单，最后也照着那个外国人要了一杯啤酒。他睡了一整天，什么都没吃，但他一点也不饿。

这时，酒吧又响起音乐，这次不是《比萨》，是一个沙哑女声，但他还是从中辨认出那是蜘蛛梦乐队的《水族》。这支乐队只发行过一首歌，没错，一张唱片里只灌了这一首《水族》。他依旧清晰记得，第一次听《水族》是在去年秋天某个雾气浓重的夜晚，他与几位朋友在家中聚会。晚餐过后，其中一位朋友表示要唱歌助兴，所有人都安静下来。朋友猛地拍起手掌，像是天空中忽然出现的一道闪电，令他的心震颤，随后朋友的掌声开始变得规律，富有节奏。朋友闭起眼睛，苍凉的嗓音钻出喉咙，他记得那是一种古朴而原始的音律，像鱼群在海浪间整齐摆动的鳞片声。

朋友一曲唱毕，四周静悄悄的，每个人都沉醉其中不可自拔。他似乎是第一个回过味儿的人，向朋友询问这首歌的名字。朋友说，他这是一个叫"蜘蛛梦"乐队的歌，那是他第一次知道世界上还有这样一支乐队。此后，他在网络上和唱片店里寻找这个这支乐队的其他作品以及相关资料，可却只在维基百科上找到唯一一条信息：

> 蜘蛛梦乐队，1989 年 7 月组建于巴黎，1992年解散。

这支乐队仅仅存在三年便消失了，三年里他们除了录制这张唱片以外，再无任何消息。这期间他们在干吗？是什么事令他们解散，杳无音讯？可此后无论他在网上怎么追索这支乐队的信息，都再也找不到任何有用的线索。他的内心充满诸多疑惑，可他明白，很多时候，一件事的来临和消逝一样，都毫无缘由可循。

这就够了不是吗？

这就够了，这就够了。他厌倦自己老是妥协于找不到答案后这种软绵绵的态度，这令他显得懦弱，对事物失去掌控的能力，他痛恨这个。或者说，他痛恨自己。

这时，那名外国人拿起书起身离开，他从座位上猛地站起，将椅子弄出很大声响。外国人回头看了他一眼，接着便穿过那扇连接酒吧和酒店的门朝电梯走去，他随后也跟了上去。

电梯里只有他们两个人，他有些紧张，四面反光的钢铁内壁，将他身体的每一面都映衬出来，他隐约能够听到音乐声仍在循环播放，电梯停靠的楼层数字规律的跳动着，像是某种末日倒计时。

电梯停在六楼时，外国人便出去了，这令他有些失望。他继续上升，在顶楼停下来，并走了出去。整个楼道空无一人，只有音乐声在回荡。他顺着声音又一次走向那个房间，这次与上次不同，门是开着的。确切来说，是留着一道缝隙，光线从里面挤出来，在他衣服上形成一道残缺不全的光斑。他凑近一些，将头往前伸了伸，让目光能够进入。可他什么都看不到。他没有犹豫，推开门走进去，眼前的一切令他震惊：密密麻麻的黑胶唱片堆在床上、地上、墙壁，甚至就连天花板上都贴满了。

他拾起地上的唱片，除了海鸥乐队，还有午夜乐队、蜘蛛梦乐队、诱惑者乐队，以及众多他叫不出名字的乐队。它们占领了整个房间。这些乐队大多早早夭折于人们遥远的记忆中，或是短暂辉煌后，便下落不明。他忽然发现自己置身于一间巨大的墓穴，周围全是被人遗忘的骸骨。

当他从最初的震惊中平复下来后，目光开始搜寻房间其他的地方，最后在靠近屋子深处的角落里，看见那摆放着一台唱机。他走近仔细看了看，上面还搁着一张旋转的唱片。他抬起唱针，音乐戛然而止，又检查了四周，接着从地上捡起一张空的唱片封面，上面画着一个倾斜的沙漏，除此之外没有任何文字或是可以表明这张唱片身份的信息。这时，他冒出一个念头，他决定从这间满是唱片遗骸的墓穴里带走它。

他又一次回到卧室，将唱片放进面前那台唱片机里，旋律缓缓从其中流淌而出。他躺在床上，闭上眼睛，享受这美妙的音乐。大多数时候，他都显得紧张、焦躁、令人担心。但现在，他感到前所未有的安宁。这时，他感到一只蜘蛛在手臂上爬行，穿行于他浓密的体毛间。他并不想赶走它，蜘蛛的步足刺得他皮肤有细微的痛感和瘙痒，这是一种令人愉悦的体验。他任凭蜘蛛在全身上下游走。伴随着唱机里不断循环的旋律，他仿佛能看见那只蜘蛛正向他的面部爬来，他并不准备躲闪，只是静静看着它，看它爬过自己的嘴唇、鼻子，越过他的目光，进入那茂密的黑色森林。

他原来还对擅自将唱片从别人的房间拿出来，有些不安，但后来当他重新审视那座唱片墓穴，他怀疑是那间屋子里的某种东西引领他来到这，所以他取走这张唱片也应当是这整个过程中的一部分。

那声音令他着迷，他甚至怀疑自己如果不听唱片的话，会产生强烈的戒断反应。他开始害怕失去唱片，担心它被小偷偷走，或是其他什么突如其来的灾难令唱片被摧毁。他将唱片随身带着，那让他感到安心。每当回到卧室，他便迫不及待地播放它，接着在这谜一般的声音中酣睡到天亮。

直到几天后一个清冷的早晨，他起床后冻得打了个哆嗦。对于气温骤降，他有些猝不及防，前一晚城市里还洋溢着燥热，睡前他还打开卧室的窗户，让空气得以流通，以便能尽快入睡。可现在却令他连续打了好几个喷嚏。

他下意识去找那张唱片，可将房间里翻了个遍，也没找到。他开始顺着记忆的路线往回走，但什么也想不起来。他觉得自己焦虑得快要爆炸了，没有换衣服便冲出房间，光着脚"咚咚咚"在坚硬的楼梯间快速行走。

他再一次来到墨西拿，发现所有客人都用一种异样的眼光打量自己。这时，那位年轻侍者来到他面前，问他需不需要帮助，可他耳中却又响起那首歌的旋律，他只看见侍者的嘴唇在蠕动，但却听不见侍者在说什么。他从酒吧里逃走，那歌声越来越清晰，仿佛要点燃他的耳朵。他心惊胆战地进入电梯，又一次在四面的钢铁内壁中看见自己。他穿着印有这家酒店名称字样的睡衣，怀中抱着一张唱片的封面，以及一张因为惊慌失措而扭曲的脸。

　　"叮"的一声，电梯门开了，他浑身颤抖了下，但还是走了出去。此时此刻，他置身于熟悉的楼道中，一动不动。旋律仿佛从楼层所有房间的缝隙里钻出来，漂浮在他身边，令他眼前的景象变形折叠。

　　他走到那扇熟悉的门前，里面正播放着他日夜循环的歌。他的心怦怦跳，嘴巴却不自觉跟着旋律轻轻哼唱起来，他将手抬起来，放在门把手上，放在了那个即将要迎来的时刻。

4月15日晚的事件始末

我精疲力竭。从昨天晚上到现在，被关在这间暗绿色、散发着霉味的房间里一直没合眼。我的面前有一张简易风格的桌子，我一眼就认出了它。去年夏天的某个午后，我跟女友逛宜家的时候，见过这张桌子的样品，它被摆在众多桌子之间，看上去并不那么显眼。

但我跟女友却被它吸引。当时我们站在它旁边，对于是否要买它回家，着实考虑了一番。主要这张桌子价格低廉，也好搬运，买回去稍稍拼装，放在我们当时住所的餐厅里，大小正合适。最终我们还是放弃了这个想法，可放弃的原因是什么？我努力回想着，大脑里一片混沌。

现在，桌子表面开着一盏40瓦功率的冷光台灯，除此之外，还有我被牢牢铐住的双手。我不喜欢这盏台灯的灯泡，我喜欢那种能够发出昏黄光晕的灯泡，仿佛它的热量可以吸收你身体里全部的疲惫。现在这盏台灯带给我的却是一种实实在在的焦虑。一想到这，我就感觉好像已经失去了双手。

我记得给我戴手铐的是位女警官，原以为她应该比那些脸色暗沉又粗鲁的大个子们要温柔些。但从她给我铐上的那一瞬间，我就知道我想错了，我的两只手腕没有一点活动空间，不能转动，不能做任何事。我感觉全身的血液都不再正常循环，像是在大海里突兀地立起了一座堤坝，让我有一种被某样迟钝的东西分割开来的感觉。仿佛我的手不再是我的手，它变成了别的什么东西，一件在艺术品拍卖会上的手部雕塑品，或是万圣节在超市里贩卖的那种廉价，散发着刺鼻气味儿，用来吓人的惨白惨白的塑胶鬼手模型。

为了转移注意力，我开始回忆自己被关在这里的原因，同时想到被关在我隔壁的那个人。他们现在可能在审问他，但我知道他们不会从他口中得知任何真相。因为关于那件事，我们在此之前已经说定，只能由我和他知道，其他人一概不能说。

"如果是面临生命危险呢？"当时我问道。

"也不能说。"他回答非常坚决。

"那万一有一方没坚持住，说出去了呢？"

"那我们现在最好放弃。如果都没有做好这样的觉悟，这件事本身也不存在任何意义。"

我打心眼里认可他的说法，明白这件事恐怕只能由我和他去做。多一个人，或者少一个人，这件事都不可能成立。

想到这，我看了看墙上的钟（手表和手机都在被捕时当作证物上缴了），现在是 16 号的凌晨两点，我们已经在这里待了四个小时。为了对抗睡意，我开始梳理整件事的前因后果，这让我能够一直保持清醒。

认识贤的时候，我刚结束一段漫长的感情。就算至今看来，那段感情也是非常失败的一次经历。

那段时期，我的生活前所未有的狼狈。当时我在一家影视制作公司上班，老板是哥哥的熟人（哥哥年长我六岁，早已带着妻儿移民美国），他不愿看着我以这种状态继续工作下去，索性给我放了次长假。这次长假他没有设置明确的起点和终点。只说"一切以我的状态为准"，而薪水照发。

那天晚上回到家中，哥哥给我打了越洋电话，我想可能是老板觉得有必要将我现如今的情况知会哥哥一声，在这之前便早早跟哥哥有过一番关于我的交谈。

"还有挽回的余地吗？"

"没有。"

哥哥没再说什么，之后又问我要不要换工作，缺不缺钱，我一概回答不用。他并不会安慰人，那份在华尔街的工作令他限制自己过多的投入情感。按金融行业的术语怎么说来着？哦对，叫"止损"，即停止一切有可能造成自身损失的行为。而情感与其他不同，一旦付出就要有全部失去的觉悟。

我一直弄不懂哥哥与他的妻子和孩子是如何相处的，或者不如说，我一直对哥哥的家庭氛围有一种微妙的好奇心，想看看他是不是有其他我没有发现的面目。

接着他又提到，叫我如果没事可以去健健身，说运动后分泌的多巴胺会对我现在的处境有好处，说完便挂了电话。

我其实并没有去健身的打算，虽然我一贯不会听哥哥的建议，有时甚至与他的期望背道而驰，但是这次他的建议不知为何一直萦绕在我脑海中。

当时家附近正好有新开的健身房做促销活动。某天傍晚，我从电影院看完电影，散步回来，路过健身房的时候，本能走了进去。在工作人员殷勤的介绍下，我还是办了张为期两年的健身卡。我将卡放进牛仔裤口袋里，走路时能感到卡的轮廓贴着我的身体，似乎这张卡预示着某种新生活的开端。一想到这，我便迫不及待想开始这样的生活。

第二天下午 3 点左右，我准时来到健身房，可能因为工作日的原因，偌大的健身房里几乎没有什么人。我从前台那里取了钥匙，进了更衣室，但那里弥漫着一股衰老的气味。"气味"来自两位看上去 60 岁左右、头顶稀疏、身躯赤裸的男性。看样子他们应该是运动完后刚刚洗好澡。他们换衣服时，在身体晃动的过程中，会带动松弛的阴茎。他们动作迟缓地把护肤品拍打在自己的脸上和身上，用象牙梳子把头顶硕果仅存的那几缕头发梳理整齐。

我的心中生起一股悲哀，像是原始森林里，挺拔茂密的水杉被整排整排砍伐殆尽时的感受。我看着他们，仿佛看到了多年后的自己。这时，我脑子里忽然就冒出"该如何有效对抗时间"这样的想法。可只要一想到时间，我就觉得自己掉进一个巨大而深不可测的黑色洞穴中，你回不去，也迟迟无法触到底部。或者不如说，坠落本身的整个过程，才是时间的全部意义。

贤正是在我目睹这一切，并有些郁郁寡欢时出现的。当时我正在一台"乔山"牌跑步机上慢跑，跑了大概十多分钟左右，我犹豫要不要暂停休息下时，从正前方的镜子里看到一个男人倚靠在墙壁一侧，专心注视着我。男人的年龄介于 35—40 岁之间，穿了一身黑色的耐克运动套装，个子出奇得高。我想不出他是怎么在店里找到适合他尺码的衣服的。当然也可能是因为身体瘦削的关系，令旁人看到他时产生了某种错觉。

他看到我在看他，冲我礼貌地笑笑，随后便朝我走来。说心里话，我并不想跟陌生人产生什么交集，更不想跟这种看上去整天混迹于此，有可能是推销健身课程的私人教练有什么瓜葛。但我看到他这一系列试图与我建立某种关系的行为，便不能再装作没看见，只得暂停跑步机，从上面下来。

"您好。"他说道。

"您好。"我双手叉着腰，喘着气点点头。由于刚跑完步，呼吸还没有完全平复，这句"您好"显得有些短促。

"您先缓缓。"

说完，他走到自动贩卖机前，掏出一张纸币，塞进长得像妖精嘴巴一样细窄的长条锯齿形投币口里，按下按钮，从"取物处"掏出一瓶矿泉水，重新朝我这边走来。这时候我坐在桌边，呼吸已经正常多了，我才发现，虽然他又瘦又高，但看上去却并不存在那种纤弱的病态感。他走路时体态优雅，自信非常，显然这是长期健身的成果。

他走到我面前，将水递给我，我没接。我有属于自己的运动水壶，就在更衣室里，更何况，也确实对陌生人的东西怀有本能的抗拒。我本想拒绝他的好意，但他可能看出我的犹豫，便在我对面坐下，拧开瓶盖，将水放到我面前。

"别客气。"他说道。

我看着已经被开启的矿泉水，也不好意思再拒绝。拿起水瓶，喝了几口，清凉的液体顺着我体内的小径下落，我感觉自己的胃变得沉甸甸的。

我就那么坐着，等着他先开口。我需要知道他打断我跑步的目的。他先是准确地叫出了我姓氏，我感到诧异。

"别误会，我算是这里的股东，所以想知道您的一些个人信息是很方便的事。"

我有些反感自己的私人信息被泄露出去，在想用什么样的措辞来回应他。

"我知道您可能有些不悦，说实话，如果换成是我，我也会很反感。但我并不是那种喜欢窥视别人隐私的人，只是有些不得已的私人问题，需要找您聊聊。"

我很奇怪他为什么会找我。照他的说法，他应该会有一张类似表格的东西，上面写满了这个健身房每一位注册会员的私人信息供他挑选。但他为什么单单挑了我？这令我困惑不已。

"我不知道是不是能够帮到您，因为我自身也正面临一些问题。"

"您到时只管听我说，之后再做决定，如何？"

我犹豫了下，确实，我对他也是怀有好奇心的，心中有一些问题想得到解答。

"好吧。"

"那我们单独约个时间聊？"

"可以。"

"好，我回头会再联系您，非常感谢。"说完，他就起身准备离开，但随即想到了什么，又坐了下来。

"真是对不起，我都还没正式跟你介绍过自己，我叫贤，是一名艺术策展人。"

傍晚，我回到家中，竟一点也不觉得饥饿。我打开冰箱，从里面取出一瓶百威啤酒。我向往一种彻底的自由主义，从精神到肉体，哪一个都不愿受过深的束缚。不过就算如此，在与女友相爱的日子里，也曾有过展开一段婚姻的想法，甚至从身心上都在积极朝那个方向做着准备，但最后的结局令人遗憾。

这种感觉，就像是一把上了膛的手枪被握在手里，蓄势待发，只等某个重要的时刻来临，便电光石火般击中那个谋划已久的目标。但我没想到，在那个时刻来临之前，子弹却被早早卸掉，滚进脚下的下水道里，顺着城市地下庞繁的管道系统，冲进沉寂黑暗的角落里。

我拿着啤酒，斜靠在客厅的沙发上，想着下午在健身房遇见的那个叫贤的男人。我心中生起诸多疑问。首先，他为什么选择我？其次是，他单独约我聊的事会是什么？从这一点看，贤是一名驯服人类好奇心的好猎手。我仔细回忆了他跟我眼神的接触，到面对面交谈，以及最后定下的这场约会，每个步骤我都没能克服自己的好奇心。仿佛我是一匹拴上了缰绳的马，被他牵引着一步步往前走。至于前方是悬崖还是一片辽阔的草原，我无法得知。

他说他是一名艺术策展人，这个职业给我的印象是站在德加、马奈和雷诺阿的画旁静静凝视来往参观者的角色，是那种不起眼，但身上却粉刷了一层神秘颜料的人。

我试着将贤摆到我脑中对应的那个"艺术策展人"的位置上，就像将手中仅剩的那块拼图，放入最后空缺的部位一样。至于是不是可以完美贴合，我心中不敢断定。我唯一能确认的一点是，他绝不是那种不起眼的人，甚至可以说恰恰相反，惹人注目。想到这，我喝光啤酒，起身去开电脑，顺便打开了客厅的灯。

我在电脑中输入"贤""策展人"等关键字，很快，搜索页面便罗列了一大堆与这些相关的信息链接。我看到其中一条写着"古代西域魅影——敦煌雕塑周开幕仪式"。后面署的策展人姓名，正是贤。我点开那条链接，大致浏览了一遍，这次展览主要是与博物馆和当地文物部门合作联动的一次艺术项目。向公众展示敦煌最新的发现成果。我滑动鼠标，在其中一张照片里看到了贤的身影。随后，我又点开其他一些链接，均见到有贤的身影出没其中。这也证实了我之前对于贤的猜测。

这时候我的手机响了，我拿起一看，是一串陌生号码发来的短信，我愣了下，随后仔细读了内容，才晓得这是贤发来的。他约我明晚在市中心一条安静小街旁的餐厅见面。那条小街我去过，位于过去的法租界区，周围都是一个多世纪前建造的花园洋房。其中一些被租给别人作为酒吧、咖啡馆和西餐厅的门面。

确实是理想的交谈环境。但唯一不足的是，马路当初按照英国人和法国人的习惯造得又窄又小。市政府在做城市规划时，原本想拓宽道路，可一旦实施起来，便会影响到路边有历史纪念意义的洋房建筑，最后只得罢休，原样保留了这里所有的风貌。所以这里只设计了供汽车穿行的单行道，高峰时交通拥挤不堪。我曾与女朋友在恋爱纪念日开车来这里一家有名的法国餐厅吃饭，为了停车，着实费了一番功夫。

我想到第二天没事，便很快回复他，表示没有问题，一切听他安排。随后看了下时间，已经夜里十点多了，我走到浴室，将浴缸注满水，脱掉身上的汗衫和短裤，躺了进去。在静谧的水中，我胸腔里的心脏感受到了水压的轻微压迫感，但调整呼吸后便很快适应了。

现代人通常都是用淋浴处理自己身体的清洁问题，确实方便高效，浴缸可能更多是为了丰富家庭空间的一种摆设。但我不同，我一直认为沐浴是应该被认真对待的一件事，是人最接近自由的时刻。每周我会在浴缸里泡两到三次，将头斜靠在沾有水汽的光洁瓷砖上打个盹儿。女朋友还没从我这搬走时，我换掉之前窄小的浴缸，重新购置了一个更大的浴缸。有时候，我会搂着她泡在里面，抚摸她年轻潮湿的毛发和胴体，透过轻微波动的水面，看她修长的腿和白皙的脚丫由于光线折射被错位的景观。直到她搬走后，我还保留这样的习惯，只不过现在，在浴缸里会感觉人被一分为二，成为某样不完整的物品。

再次见到贤，是在第二天的傍晚。与第一次在健身房见他不同的是，他换了一身更体面的服饰，但并不会让人觉得拘谨呆板。他是那种看似搭配随意，却又有着装品味和时髦感的男人。

"您之前来这里吃过饭吗？"贤问道。

"吃过一次。但不在这家，在附近的什么地方。"

"唔，那您一定要尝尝这家的手艺。我给您推荐？"

我点头同意。贤叫来侍者，那是一位穿着白衬衫、黑色马甲、扎着绛红色领结的矮个子男人。

贤熟稔地报给他几个菜名以及酒的名字，接着告诉我，他常来这家餐厅。我说，你该不会也是拥有这家餐厅股东身份之类的人物吧？贤谦逊地摆摆手，说只是喜欢来这里吃饭罢了，其他一概无关。

他为我倒了杯柠檬水，我喝了一口，嘴里有些发涩。

"您之前说来过这附近的餐厅？"

我点点头。

"和谁呢？"贤又问道。

我觉得这个问题有些奇怪。

"哦，我没别的意思，我这人什么都好，就是有一点，对什么事都太好奇。"就在我犹豫要不要回答这个问题时，贤如此说道。

"其实也不是什么大不了的事，之前是跟女友来的。"

"现在还在一起生活吗？"

"早已分手。"

随后，贤似乎陷入一种沉思的状态。

"我不知道这么问合不合适。"他顿了顿，"你爱过她吗？或者说，是因为爱还是因为其他什么原因才跟她在一起的？"

　　贤问这句话期间，那位带绛红色领结的男侍者将前菜端了上来，接着将一瓶红酒拿到贤眼前，捏着瓶颈，缓缓转动瓶身，让他检查了一遍。贤点点头，并示意他现在就打开倒入醒酒器里。

　　"当然。我们是很自然的相爱。"我回答道。

　　"你瞧，这就是问题所在，我原先是个感受不到爱的人。"

　　感受不到爱？我有些疑惑，觉得他在跟我开玩笑。

　　"该怎样解释会更清楚呢？就像是与生俱来便缺失了某样器官。"贤肯定看出了我的疑惑，立马补充道。

　　"缺失？"

　　"是的，就像残疾人那样。"

　　"据我所知，这不大可能吧……"

　　"我没有任何骗你的意思。迄今为止，我都没真正爱过一个人。女人虽然也经历过几个，但我并不爱她们。可能有人爱过我，但我不确定，毕竟我没那样的体会，所以也无从判断，只能说是一种猜测。"

　　"就连父母也不曾爱过？"

　　"老实说，我并不爱他们，但既然作为儿子这种角色，还是把应该做的都做到位了。"

　　"那你爱自己吗？"

　　"我不知道。对于自我来说，它更像是一种必须在这个世界上运转的工具，所以我需要保养好它。如果是生了锈或掉了漆，那并不利于我继续在这个世界运转下去，你说对吧？"

对于贤的回答，我无法反驳他的不恰当之处。从某一方面来说，确实是这样。

"您今天找我来，难道就是为了跟我说这件事吗？"

"与此有关。"

这时候，男侍者给我们各倒了一杯酒。

"是这样的，这件事对我来说非常重要。我刚才也说到自己感受不到爱，可那都是在此之前的事了。"

"那么现在遇到可以激发你爱意的人了？"

"没错。但对方并不是人。"贤顿了顿继续说道，"而是一尊雕像。"

说完，贤看着我，我没说话，等他说下去。

"我知道这很怪异，可这确确实实发生了，并且就发生在我身上。"贤摆摆手，男侍者倒完酒后便礼貌退下。

贤的这番话，激起了一直以来我对他试图隐藏的好奇心。

"能详细说说是怎么回事吗？"我喝了口酒问道。

"您知道我是一名策展人，每天都要跟各式各样的艺术品打交道，时间久了，虽然有了十足的鉴赏力，但对美也会产生疲劳。而且只要是工作，就有它令人厌烦的一面。但这次不同，我前段时间策划了一次与敦煌雕塑类文物有关的展览。"

我想起之前在网上查找关于贤资料时，看到的那条"古代西域魅影——敦煌雕塑周开幕仪式"的新闻链接，他应该说的就是它。

"开始我并没意识到这次展览会对我产生什么重大的影响，直到那天下午两点，我看到那尊雕像后，爱意便毫无预兆地萌发了。"

"是怎样的雕像？"

"我不知道怎么形容，但在那些雕像中，唯独那一尊让我第一次体会到了爱的感觉。"

"可照之前的说法，你并没有感受过爱，那你怎么确定，你体会到的就是爱的感觉？"我反问。

"所以我刚才才会问你，你与女友之间是因为爱，还是因为其他什么原因在一起的。我跟你的回答一样，那是一种自然的相爱。"

"但相爱是针对双方的一种——"

"我确信它也爱我。"还没等我把话说完，贤就打断了我。

"可我需要一个确切的理由。我并非那种思维古板的人，但是你爱一个人或一件事，或是其他什么东西，都应该明白自己的爱从何而来，不是吗？"

"我不懂你的意思。"

我不知道该如何将这个话题继续下去，也不知道这件事跟我有什么关系。按理说，在爱这件事上，我无法认同贤的说法，这太荒谬了。但无论这是多么荒谬的事，我仅仅需要保持好奇足矣，理智告诉我，并不应该参与其中。

"就拿我与女友之间来说，我们确实是很自然的相爱，但'自然'指的是，我与她在生活中是两枚相互契合的齿轮，我在她身上找到了我缺失的一部分，反之她也是。"

"就和钥匙毫无阻碍地插入匙孔一样。"

"没错。"

"那你们为什么要分开呢？"贤玩味地看着我。

"关于这个，说来可笑，正是因为分开这一行为，才让我确认我爱她这一点。"

"所以，爱往往都是后知后觉的？"

"我想是这样。"

"真令人头疼啊。"贤喝了口酒，"但虽说如此，我还是需要您的帮助。"

我知道他不会罢休。

"什么样的帮助？"

"帮我把那尊雕像从展区偷出来。"

我对于贤提出的要求，内心震动。有一瞬间我认为他肯定疯了，他竟然要从自己策划的展览上将一尊文物偷出来！但我能看出对面贤眼中迸发出的决心。

"为什么是我？"我沉默了一会儿问道。

"我看过您的职业，是一名电影编剧。"

"可这跟整件事有关系吗？"

"我这人没什么追求。或者不如说，自己想要达到的目标，在目前这个阶段都已达到，唯独除了爱这件事。无论我多渴望它，想尽办法得到它，它都不曾降临在我身上。但这一次不同，我必须牢牢抓住它。我也不确定自己这种状态能持续多久。这些日子以来，这样的焦虑一直困扰我，我唯一可以确定的一点是，无论结果如何，我一定要将它记录下来，但我需要一个目击者。"

"那你找个摄影师可能更合适。"

"不不不，摄影师只能记录整件事的行动过程，它记录不了我内心的感受，也记录不了这份突如其来的爱对我的意义。我需要从你看待整件事的角度来记录它，用笔将它写成故事。"

我没再说话，只是不停喝酒。天色已经彻底暗了下来，餐厅的服务员将室外每一桌圆形烛台上的蜡烛都点燃了，室内则亮起昏暗的灯光，四周有轻柔的音乐传来。而我有些看不清贤的脸，只能隐约看见他高大的轮廓，仿佛他没有实际的躯体，而是由烟雾或是光影临时组成的某个"人"。

"无论如何，请您好好考虑下。"

贤将酒杯递到我面前，示意我与他碰杯。我拿起杯子轻轻在他的杯沿儿上撞了下，发出清脆的叮声。

回到家后，无事可做。我也不想过多地去考虑晚上贤说的那些话。且不说这桩事本身有多荒谬，毕竟如果真的去做，就已经牵涉到犯罪了。

我试着从好的一方面来看待贤叫我帮忙的事。不可否认的是，这对我来说确实是一个非常难得的创作机会。如果顺利的话，将来被拍成电影，在大荧幕上播放，会造成轰动的现象也未可知。另一方面，我想确认贤与雕像所谓的"相爱"到底是怎么回事，它与我跟女朋友之间的相爱是否是一样的？

对此我很矛盾，我希望这两种"相爱"是不一样的，我希望与女友的爱是独特的，是区别于任何其他形式的爱的。但我又由衷希望贤获得在"爱"这件事上与我相同的感受。我意识到，也许搞清楚这一点，会是扭转我如今糟糕生活的转折点，可以将深陷在心的泥沼中的我迅速拔出。

越早开始，越早结束。

想到这，我将书放下，去卫生间将浴缸放满水，之后盯着镜子里的自己看了不知多久，最后我决定联系贤。

　　我们是在闹市区一家私立美术馆对面的咖啡店里制定了窃取雕像的整个计划。

　　说是一起制定，但大部分时间都是贤在滔滔不绝地讲，我在听的过程中，不时观察他沉着冷静的脸。贤作为策展人，对整个展区的地形，安保布防，甚至就连监控区域的每一台摄像头的位置都一清二楚。他拿着一支价格不菲的 LAMY 黑色墨水笔在印有咖啡馆 LOGO 的正方形纸巾上，画出了整个展区的草图，有条不紊地将他的方案对我和盘托出，之后向我询问意见。

　　我可以看出他对此蓄谋已久，计划虽称不上天衣无缝，但也密如针脚，几乎能考虑到的都考虑了，并相应做出了合理的推演和备选计划。

　　"一切照你说的办。"我答道。

　　"您没有什么建议吗？我是说，从您的角度考虑，有什么不方便的，或是我想得不够周到的地方吗？"

　　"计划很完美。但我想再确认一点，"我顿了顿，"我只需要跟着你进去，并以我的方式将你盗取雕像的过程记录下来。至于是什么方式，全由我来决定，对吧？"

　　"没错，这一点毋庸置疑。"

　　"那没问题，我们何时行动？"

"今晚如何？"

"今晚？"

贤点点头。

我看了眼手机上的日历，今天是 4 月 15 日，我在上面没有标注任何事件。但我很清楚，今天是了结一切问题的好日子。

"没问题。"我将手机装回口袋。

之后我和贤都没再说话，贤掏出一小罐口香糖，问我要不要，我摇摇头。他笑了笑，倒出一颗，丢进嘴里嚼了起来。我则看着玻璃窗外的美术馆打发时间，那曾经是20 世纪 20 年代的一所高档酒店，由匈牙利建筑师邬达克设计。现在它早已失去了作为酒店的住宿功能，被租给一家在海内外都颇有名气的艺术机构改成了美术馆。

"那就是我们的目标。"贤吐掉嘴里的口香糖，用餐巾纸包好，接着又往嘴里丢了一粒。

老实说，我有那么一瞬间的惊讶，但随即释然，看似偶然定下的行动日期，以及我们密谋整件事的场所（这家咖啡馆），其实都是贤整个计划里的一部分。我虽然到现在才有了被贤一直摆布的深刻觉悟，可让我意外的是，我对于他这样的做法，居然没有丝毫的厌恶，这超出了我对自己一贯的认知。就像我之前提到的那样，"我是一匹被他牵着走的马"。牵往何处，全不受我控制。

　　我和贤就坐在那，时不时为咖啡续杯，偶尔聊上几句，大多数时间都在等待黑夜的彻底来临。

　　大概晚上八点左右，外面下起了细密的小雨，地面湿漉漉的，对面美术馆里基本不再有人进出。贤看了眼手表，对我说，可以开始了。

　　他先我一步到柜台结了账，接着我们出了咖啡馆，穿过潮湿的马路。他带我绕到美术馆侧面，从一个隐秘的安全出口进入，我们一直待在漆黑的通道里，直到等巡逻的保安反复检查了两轮，从眼前彻底消失后，我和贤才从通道里出来。贤快步走在前面，一路提醒我避开一些摄像头的监控区域。我紧跟在他身后，生怕会在这陌生的空间里迷失。

　　终于，我们来到了雕塑区。他从口袋里掏出刚才自己嚼过的口香糖交给我，吩咐我用它们堵住展区左右两角的摄像头，他去堵剩下的另外两个。

　　做完这一切后，我们才松了口气。他告诉我，只有10 分钟的时间来取雕像。

　　"哪一尊?"我问道。

　　他走到展厅正中间的玻璃展位，我走过去，顺着贤的目光，仔细端详那尊被框在防弹玻璃里，做了严密防盗措施的雕像。在玻璃正下方的边缘，贴着与这尊雕像有关的信息标签。上面写着"石窟雕塑，犍陀罗风格"，下面一行写着"魏晋南北朝，公元 220 年—589 年"，应该是雕像被营造的时期。

那是在我看来，确实具有摄人心魄能力的一尊雕像。

"我见到她的第一天晚上，做了个梦。我梦见她变成一个女人，与我亲热交合。醒来的时候，我发现内裤和床单上沾满了自己的精液，这怕是有十多年没发生过了。我感到很羞耻，但同时又在反复回味梦中的场景，心情很失落。我原本以为很快就会忘记这件事，但没想到却开始变本加厉起来。我开始无时无刻不在脑中构筑与她一道生活的美妙场景，幻想我们在被窝里放屁发出的声音，幻想与她在超市购买日用品时争执的样子，幻想午后我们静默无声地坐在沙发上相互消磨彼此的爱，甚至我都能想到我们将来会生个男孩，简直连我们安度晚年的计划都想得差不多了。"

贤自言自语说这些话时，我看着他痴迷的脸，仿佛这些话不是说给我，而是说给那尊雕像听的。

"不瞒你说，一个人在想这些的时候，还会不时发出傻笑和抽泣，情绪已经不受自己控制，我从未经历过这样的事。"贤顿了顿，继续说道，"那天之后，我便感到生活中某些东西被改变了，我为自己以往的生活感到无比后悔。"

贤的目光始终没有离开那尊雕像，他说完这番话，我不知该如何作答。只有贤手表上秒针"滴答，滴答，滴答"的声音在我们之间的空气中来回撞击。

贤调整了下情绪，说时间不多了，让我帮他一起将四面贴合的厚重玻璃小心翼翼卸掉，放在脚下柔软的地毯上。之后，贤眼中闪烁着奇异的光，有些激动地伸出双手从底托上将雕像捧起来，像是捧起一生中最珍贵的东西。

这时，却不知是谁的手机在这纯粹的寂静中意外响起。我被吓了一跳，而浑身肌肉紧绷的贤，本能地抖了下，像是被挤压收缩的弹簧猛地松弛下来，双手失去了控制力。而雕像下坠，最后轰然倒地，摔个粉碎。

贤眼中炽烈的光瞬间黯淡下去，随后，其中又猛烈燃起一股席卷一切的大火，它让我如此熟悉。我明白，他正在变成一座火山，有什么东西正要从他体内喷涌而出。

我听见展区的警铃声持续不断地响着，保安急促的脚步声越来越近。我知道警察也许正在赶来的路上，知道我们会被铐起来塞进警车后座，知道要在那逼仄乏味的审讯室里坐上一整夜，我知道后续所有即将要发生的事，可那又怎样呢？

此时此刻，我只想躺下来，像躺在家中的浴缸里那样闭上双眼，在这充盈的爱意中，多待一会儿，哪儿也不去。

江南水族

就这样，沮丧毫无征兆地来临了。在雨水丰沛的日子里，这种沮丧显得更加清晰。丁弈坐在窗前，看着顺着窗玻璃不断留下的雨水，深深叹了口气。他已经好久没写过东西了，创作上陷入的困境令他感到焦虑。他合上电脑，给自己点上一支烟，烟雾很快充满房间，这时候，手机响了，是银行的余额提醒短信，他看了眼那上面显示的数字，将抽剩的半支香烟按灭在烟灰缸里。

他想起前几天，一位在影视行业工作的制片朋友邀请他为一部小成本的电影改写现有的剧本，原来的编剧因为毫无才华，而被这位朋友找借口解雇了。朋友表示这项工作的报酬丰厚，如果写得好，还将在电影制作完成后，为他署名。当时他回绝了朋友的邀请，但现在他决定厚着脸皮再联系一下那位朋友。

电话打通了，朋友很高兴丁弈愿意接受这份工作，并告诉丁弈，需要提前进入剧组与导演和演员沟通磨合。朋友将剧组所在的位置发给了他，那是浙江北部的一个镇子，靠近南太湖，与苏州和无锡隔水相望。

丁弈开始收拾行李，并订了第二天一早开往那里的火车。他没有选择的余地，在生存面前，他必须低下他骄傲的头颅。

兴许是即将来临的旅途，丁弈兴奋得睡不着觉，这是从他小时候便落下的毛病。只要第二天要出远门，他就开始失眠。但这次旅途却让他心中没来由地心神不宁，他说不清是为什么，只是有种模糊又恍惚的预感。

他从床上起来，打开电脑，搜索了那个镇子的地图。陌生的地名，纵贯的道路、河流和山脉一下子涌入他的心中，一座无名的宏伟沙盘从他体内竖了起来。

他看了眼时间，已经凌晨 3 点了，他必须得去睡了。这些时日以来，失眠成宿成宿地折磨他，为了不影响明天的行程，他希望现在能尽快入睡。

但那也仅仅是希望而已，第二天他在火车上还是昏睡了无数次。到站的时候，多亏了旁边的乘客把他叫醒，才没有误了下车的时间。

制片朋友开着一辆枣红色的丰田牌越野车来接他，在火车站的出口，他远远就看见了朋友挥舞的双手。他拖着行李朝他走去。简单寒暄了两句，朋友嘱咐他要再等一会儿，他有些不解。

"还有一个人没到呢。"

"谁啊？"他问。

"我们这部戏的女主角，据说刚毕业没多久，是个大美女。"朋友说的时候，眉飞色舞，脸上尽是期盼的神情。

"之前没见过？"

"只见过照片，这次是第一次来。"

丁弈没再说话。他本以为可以早早到剧组下榻的宾馆补个觉，可现在还要强撑着困意等一位刚毕业的女学生。是的，他并不认为她会是一名真正的演员，那可能还只是个孩子。一想到这，他更感到沮丧，一个没有演技的女学生来做女主角，注定会是一部失败的电影。这些想法让他想要借这部戏名声大噪的愿望彻底落空。

大约又过了半小时，一位身着米黄色风衣，穿着一双白色耐克运动鞋，戴着墨镜的高挑纤瘦的女人拖着一个在阳光下闪闪发光的银色箱子，从车站深处朝他们走来。

"胡制片吗？"

女人摘下墨镜问道。

"您是吴小姐？"

　　女人点点头，朋友殷勤的将女人的行李放进越野车的后备厢，紧挨着丁弈的行李，过程中还夹杂着寒暄。丁弈抽着烟打量着女人，女人也看着丁弈。

　　她一点也不像个学生，丁弈这么想着，将烟头丢在脚下碾了碾，便上了车。

　　一路上，只有胡姓朋友在找话题跟女人聊，丁弈坐在副驾驶的位置上不发一言，偶尔从车中间的后视镜里看几眼女人。她虽然化了妆，但依旧掩盖不了倦容，看来昨晚是没好好休息。丁弈忍不住在想她昨晚做了些什么，与一位英俊的情人吵架？还是独自一人饮下辛辣的马提尼？

　　丁弈的烟瘾又犯了，在车上又点了支烟，摇下车窗。十月下旬已经逐渐转凉的天气让丁弈拉紧外套的领口，冲窗外弹了弹烟灰。

　　"能给我来一支吗？"女人的声音从后座传来。

　　丁弈愣了一下，接着将自己的火机和烟递到后面。女人接了过去，丁弈触碰到她冰凉光滑的指尖。

　　"谢谢。"

　　女人点上烟，将火机还给丁弈，也摇下了车窗。

　　"你叫什么名字？"女人问道。

　　"我？"

　　"这里除了我们三个还有其他人吗？"女人笑了一声。

"丁弈。"

"哪个弈?"

"对弈，下棋的意思。"

"挺好听的。"

女人掸了掸落了烟灰的风衣下摆。

"那你会下棋吗?"

"不会，我爸给我取的名字，他年轻时喜欢下围棋。"

"很厉害。那你是做什么的?"

丁弈本想回答说自己是位作家，可一想到自己那多舛的写作之路，又将话咽了回去。

"我是编剧。"

"这么说，关于我的戏份都是你写的咯?"

丁弈没说话。胡姓朋友替他解释说，他只是临时来修改剧本的编剧。

"我昨晚通宵把剧本看完了，既然你要改，有些问题，我们以后可以聊聊。"

丁弈现在知道女人昨晚在做什么了。

"还没请教你的名字。"

"我叫吴睿，朋友们都叫我吴小姐。"

此后，在路上很长时间，他们都没再开口。吴小姐侧着脸，靠在车后座上睡着了。在后视镜里，丁弈仔细观察她的样子。她有一张精致小巧的脸，紧闭的双眼下，漂亮的眼珠在有规律地移动，像是一对灵动跳跃的小兽；纤细洁白的脖颈儿上戴着一条散发着金属光泽、设计别致的项链；瘦弱的双脚从宽大的米黄色风衣下露出来，在右脚脚踝上，缠着一串红绳，上面挂着两只小铃铛。有风从窗外吹进来，铃铛发出微小清脆的响声。丁弈看了看女人被吹得有些乱的头发和她微皱的眉头，帮她将车窗关了起来。

到达下榻的酒店时，已经临近傍晚了，酒店的四周群山迭起，不远处的山脚下有一片静谧的湖区。剧组选定拍摄的小镇就在湖区旁边，从酒店可以顺着一条小路一直步行到达镇上。丁弈被安排在酒店三楼走廊尽头的一间客房里，房间里有股霉味儿，他将窗打开，有一只蟑螂顺着窗沿迅速溜进了灰色的窗帘身后。

丁弈简单地将行李和洗漱用品收拾了下，靠在窗前，看着逐渐黯淡的山脉轮廓。他在思忖接下来的日子该如何度过，他觉得自己正面临着命运攸关的抉择时刻，他必须尽快做出选择，要不然错过这个路口，他很有可能拐到另一个未知的方向，是好是坏，他全无把握。但哪怕他在这么私人的思考时间中，无论多想剔除毫不相关的杂念，吴小姐与他下午在车上交谈的情形却总是冒出来打断他的思路。

这让他有些烦闷，他决定冲个澡便出门。刚刚收到朋友的消息，导演邀请他一起到镇上的一家餐馆吃饭。他在房间的桌子上看见一张关于整个小镇概况的导览图。他展开来看了看，镇子不大，道路四通八达，有零星的水潭分布在镇子之间，源头都来自那片湖。出乎意料的是，这里有座始建于南唐时期的千年古刹，绒叶寺，离他们住的地方不远，他决定有时间到那里逛逛。

他换了件宽松的连帽卫衣和一条已经洗褪色的破洞牛仔裤，出了酒店，沿着小路朝镇上走去。可没走几步，却听见身后有人在叫他，回头一看，发现是吴小姐。

吴小姐将头发盘了起来，卸了妆，身上有刚沐浴过的香味儿。他这才发现，她的脸真小，五官分明，确实是个美人。不过一想到她演员的身份，他也便觉得顺理成章。兴许是在车上睡了一路的缘故，她看上去精神不少，也变得健谈了，他问她为什么没有坐自己那位朋友的车到饭店去。她说，她喜欢在这样舒服的傍晚走一走。两人走在细长的无人街道上，路旁种满了水杉，在高大的阴影中，吴小姐脚踝清脆悦耳的铃铛声响了一路。

"你喜欢游泳吗？"吴小姐忽然问道。

丁弈摇摇头。

"不喜欢还是不会？"

"不会。"

吴小姐发出轻笑声。

"你这么大人还不会游泳啊。"

丁弈没说话，双手插在卫衣口袋里，低着头走着。

"你这人还挺奇怪的，"她顿了顿又说道，"不过没事，我可以教你，我正好发现咱们旁边有个湖，我打算等我不拍戏的时候就到那去游泳。你要是想学，就来找我。"

丁弈想起小时候溺水的经历，他对于水有种奇妙复杂的感受，好奇心驱使他渴望去探寻它，但又恐惧于水下幽暗深处的未知。幼年的那次溺水令他早早品尝了痛苦，在他心中埋入一根坚固的木钉，将他牢牢拴在原地，从此让他远离那些危险诱人的水面，但也加深了他跳进去一探究竟的渴望。这种矛盾始终拉扯着他，在他的成长中留下不可磨灭的影响。

"你怎么不说话了？"

"我话就少。"丁弈回答道。

吴小姐饶有兴趣地打量着他，丁弈被看得有些不适应。

"你打算就这么盯着我看一路吗？"

"你不看我怎么知道我看你？"

吴小姐露出狡黠的表情。

"你都演过什么？"丁弈问道。

"《所有花儿的结局》，你看过吗？"

"那是你演的？"

"当然不是。那是我的目标，我要成为那样的演员。"

丁弈记得那部电影，拍摄于 20 年前，里面的女主角被誉为这个世纪最伟大出色的女演员。他看着眼前的吴小姐，发现她娇小的身体里也许跟那看似平静的水面一样，在深处还藏着一些其他秘密。

他们很快走到了镇上，那是一座破败的江南小镇，除了唯一那条看上去像是刚铺不久的沥青道路。那是小镇的主干道，在路灯下，黑色的沥青颗粒，闪烁着黑曜石般的光芒。零散的棕榈植物被无序地种植在有上百年历史的高墙背后，发廊灯箱下面的垃圾堆旁聚集着几条饥饿的野狗。街道两旁的门店大部分都打烊了，丁弈看看时间，也不过才 8 点左右，一些店铺的招牌和贴在窗玻璃上的标语，以及整座小镇的建造格局到处弥漫着 20 世纪 80 年代的风情，像是时间从那之后就凝固了一样。街道上行人稀少，偶尔有些脸上爬满褶子的老人透过窗户看着这两个陌生人。

"真是一座琥珀之城。"丁弈在心里默默说道。

"你等等我。"吴小姐在他身后喊道。

他停下来，吴小姐走了上来。

"我有点害怕，你走慢点。"

丁弈点点头。

　　他们按照朋友给的地址，穿过很多不知名的街巷，最终还是开了手机导航才找到那家叫"鳞湖"的饭店。

　　饭店的大堂里，客人寥寥，只有一张圆桌上坐了几个人，朋友正在跟其中一个戴着鸭舌帽和一副茶色眼镜，留着两撇胡子的男人贴耳交谈。想来应该是导演，丁弈曾经在朋友的朋友圈里看到过他。他冲朋友打了声招呼，朋友招手让他和吴小姐过去。

　　入席后，朋友介绍了丁弈，导演和吴小姐之前应该就认识，两人说话熟稔，言谈间还提到一些丁弈不认识的人和事。导演姓凌，在圈子里有些名气，曾经拍过一部叫《惊蛰》的电影，在一些欧洲电影节上掀起过短暂的惊艳呼声。可近几年他的气运不佳，之后拍的几部作品都接连遭遇了滑铁卢。眼下叫丁弈来参与修改剧本的这部电影是他宣称要破釜沉舟的翻身之作，如果再失败的话，他很有可能在这个圈子里再也混不下去了。按他半调侃半认真的话说，就得回苏州老家卖鱼去了。

　　所以他找来了吴小姐。她是他在待选的上千个演员中，花了整整三个月时间，才最终挑出的唯一一个从各个方面都满足他要求的女演员，可以说是真正的千里挑一。

　　"她很好看，还会游泳。"有人在饭局上问导演为什么会挑吴小姐来演女主角，这是导演给出的答案。

　　这样看来，游泳确实是吴小姐与众不同的地方。可很多演员都会游泳，为何偏偏是她呢？这是那天饭局上很多人藏在心中没说出的疑问，这个问题也同样藏在丁弈心中。那天之后，有关导演与吴小姐有一腿的传言就开始慢慢在剧组里传开了。甚至关于导演面试吴小姐之后那天晚上的桃色场景，人们都编得绘声绘色，仿佛真的有这么回事一样。

　　丁弈不明白为什么人们如此热衷对别人隐私的窥探，在这方面，他似乎欲望很低。除了出于本能的好奇，他并没有想要一探究竟的想法。

　　他记得那天在"鳞湖"饭店，导演一直反复在聊一个话题。他印象很深，当时大家酒过三巡，导演问在座的所有人，一个真正的演员是什么样的？席间，每个人都说了自己对于这个问题的看法。道具老师说，没有什么是真正的，一切皆可替代；美术老师说，我只负责电影画面的造型设计，这个问题我回答不了；摄影师说，可以逃脱我镜头囚禁的演员才是真正的演员；胡姓制片朋友说，只要能让他赚钱的演员就是好演员。丁弈没有回答。轮到吴小姐的时候，大家都用期待的眼神看着她，因为这个问题，只有她的答案才具有专业性和权威性。吴小姐笑了笑，说，只有真正的角色，哪有什么真正的演员。吴小姐说完，大家都鸦雀无声，随后导演率先鼓起了掌，回过味儿来的众人也跟着鼓起了掌。丁弈看着吴小姐，吴小姐也看着他。临近午夜时分，在剥落了绿色墙漆、桌面油腻的饭店里，两人心照不宣地交换了心意。

晚上，丁弈回到饭店后不久，就有人敲他的门，他打开门，是吴小姐。

"你这有烟吗？"

"有。进来吧。"

丁弈把吴小姐让进了房间。她穿了条黑色宽松的喇叭裤，显得轻盈婀娜，她在丁弈的房间里溜达，看见丁弈放在床上还没来得及收拾整理的那一箱书，好奇地翻起来。

"这本你读过吗？"她拿起一本理查德·福特的《千百种罪》问道。

"读过其中一两篇，没全部读完。"

"好看吗？讲了些什么？"

"人和人的关系，以及生活困境吧。"

吴小姐点了点头。

"那这本到时候借我看看。"

"怎么，你对这种枯燥的文学作品有兴趣？"

"有啊，我可能看书没你多，但不代表我不懂得欣赏好坏。"

"你别误会。"丁弈笑了笑，又说道，"这里的书，随便你挑。"

吴小姐坐在床上，看着那些书，冲丁弈露出笑意。

"对了，我今天过来，是想问你刚才吃饭的时候，为什么没有回答那个问题？"

"回不回答我觉得都不重要，这只是饭局上随便聊聊的东西。"

"我可不这么认为，你心里应该有自己的答案吧，为什么不说呢？"

丁弈看着吴小姐，从口袋里掏出盒烟，递给吴小姐一支，为她点上，又给自己点上，靠在吴小姐对面的桌子上看着她。

"我觉得这是个伪命题，或者说，我觉得这个问题没有标准答案。也可以说，每个人的答案都是标准答案，这个问题因人而异，不是吗？"

"可如果照你的逻辑，这个世界岂不是没有什么是真的，那不就乱套了。"

"你看，这就是问题所在。如何判断我们谁说得对呢？这样的问题，就像镜子的镜像，可以无限延伸，直至永远。"

"所以你吃饭的时候没发言。"

丁弈笑着点点头。

"有意思。"

吴小姐站起来，越过丁弈的肩膀，将烟蒂丢在桌上的烟灰缸里，丁弈能闻见她脖子上还未散去的香水味儿。

"好了，我得回去了，明天拍第一场戏，你有空记得来看我。"

"好。"

说完，吴小姐就转身出了门。丁弈等吴小姐走后，将她抽过的烟蒂从烟缸里拿出来，放在灯光底下看了看，上面有轻微小巧的牙印。

　

第一天的拍摄地点定在浮霞街。丁弈喜欢这个名字，这应该是这座小镇唯一令他欣喜的事物了。上午，剧组进行了简单的开机祭拜仪式，下午便开始了拍摄，可他并没有按吴小姐说的那样过去找她。这场戏他在剧本上看过，吴小姐在其中扮演一位女记者，因为一件陈年旧案，来到偏僻的小镇探寻真相。

他并不喜欢到拍摄现场，除非不得已才会到片场去。前一天晚上，吴小姐走后，他修改剧本到凌晨才睡下，现在困意仍未退去，除了上午强撑着参加开机仪式时，第一次看到将头发扎成马尾的吴小姐并盯着她娇小的背影发了会儿呆之外，他一心只想在房间里多睡会儿。大约临近傍晚时，敲门声传来，他缓了缓神，从床上起来去开门，是吴小姐。

"你下午怎么没来？"

"我有点累，抱歉啊。"

"那现在休息过来了吗？"

丁弈点点头。

"你陪我去个地方。"吴小姐看了看手表，"这样吧，八点半的时候，咱们楼下大厅见。"

"去哪？"

"你别问了，只管来。"

说完，吴小姐冲丁弈笑笑，就朝自己的房间走去。丁弈关上门，在想要不要赴吴小姐的约。自从与吴小姐认识以来，他感觉心里多了条绳索，以往克制好奇心的能力变得越来越差。只要吴小姐牵动那条绳索，他便不由自主地想要跟上她。最后他不再犹豫，看看时间，已经八点十分了，他抓紧洗了个澡，把胡子刮干净，内里穿了件黑色的 T 恤，外面套了件去年秋天 Vans 出的一款修身的迷彩外套，下身搭配一条经典款的水蓝色牛仔裤。出门之前，他又在镜子里将自己全身上下检查一遍，看看是否有什么不妥之处，确定无误后才出了门。

大堂里还有零星的剧组成员在检查今天拍摄所用的道具以及摄影设备，导演和制片朋友在大堂沙发上坐着在聊些什么，丁弈忽然觉得有些尴尬。如果这时让他们看到自己和吴小姐大晚上单独出去，肯定会在剧组里传得沸沸扬扬。就在他陷入忧虑的时候，吴小姐从他身后拍了他一下。

"嘿，走吧。"

丁弈回头，看着眼前的吴小姐愣了一下，但很快就回过了神，随即注意到她挎着的包。

"你这是?"

"一会儿你就知道了。"

吴小姐拉着丁弈，跟不远处的导演和制片朋友打了个招呼，导演冲两人笑笑，丁弈仿佛看见在那双茶色眼镜下，有什么东西游动着。就这样，他们在众人的目光中，离开了酒店。

绒叶寺始于南唐交泰元年，临湖而建，相传初为皇帝宠妃的佛堂，因其内布满交叠生长的无名植物，花期更替之时，柔软细小的毛絮漫天飞舞，南唐中主赐名"绒叶"。

丁弈站在古刹面前，看着它的轮廓。歇山顶式的屋檐，在黑夜中从四面弯曲的檐顶营造着诸天神佛的隆重。

吴小姐不知道从哪找到一扇废弃的柴门，推开它，就进到了寺里面。丁弈有些犹豫，毕竟寺庙里还有僧人，恐怕已经睡下了，这时候绝对不是合适的"参观时间"。况且万一里面还豢养了犬类看门的话……但他看着吴小姐的身影，便将这一切统统抛诸脑后，迅速跟在后面进入了寺庙内部。

丁弈绝对想不到，在寺庙的背后藏着一片被僧人们圈禁的湖水。他也不知道吴小姐是怎么得知这一秘密的，对他来说，她身上的谜团越来越多。

吴小姐站在湖边的矮围上，背对着丁弈，一点也不忌讳地脱下自己的外衣，露出光滑白皙的背部，丁弈隐约能看见她乳房圆润的轮廓，像是被雾气遮蔽的半轮圆月在水面泛起的粼光里沉浮。

她转过身，将完整的自己展现在丁弈面前，接着像一条从水中跃起的海豚那样，在半空划出完美的弧线，刺穿平静的湖面，坠入水中。

不一会儿，吴小姐露出湿漉漉的小脑袋。

"你下来吗？"

丁弈这时显得有些无措，他从没有如此渴望跳进那个黑暗的柔软深渊，但本能却又在无时无刻提醒他不会游泳这件事，理智和情感，到底选择哪个？他看着混沌的黑色湖面下，吴小姐隐约露出的洁白脚丫。他想伸手捉住它，身体不断向前靠近。入水的一瞬间，他打了个激灵，感觉脚下空荡荡的。吴小姐拉着他的手，但他还是慌乱地拍打着水面，他感觉有腥咸的湖水流进嘴里，这令他紧张，恐惧前所未有地在他体内的器官间攀升。吴小姐也慌了，她拉着丁弈往岸边游去。丁弈看见岸边有植物的藤茎，一把拉住，慢慢爬上了岸。

他跪在岸边剧烈地咳嗽，从嘴里吐出好多湖水和浮萍的残渣，随后躺倒在地上，喘着粗气。吴小姐也上岸了，她从包里掏出一条毛巾，帮丁弈擦了擦身上。

"对不起，我以为我可以……"

丁弈一把抓住她的手，盯着她，吴小姐湿漉漉的睫毛上下眨动，可能皮肤上覆盖了湖水的缘故，她银色的胴体在曾照耀寺院的古老月光下闪闪发亮。

他亲吻了她。

丁弈和吴小姐回到酒店的时候，已经是夜里 2 点了，山下的小镇寂静无声，他们之间也寂静无声。丁弈的吻，以及之后在寺庙背后发生的那场惊心动魄的野合，都让他们彼此心照不宣。他们都知道过了今晚，一切都必须恢复如初。

吴小姐先进了电梯，丁弈站在外面独自抽了根烟，心里计算着吴小姐回到房间这一路上所花的时间。他觉得差不多的时候，也进了电梯。没想到到达楼层，出电梯时，吴小姐站在电梯口等着他。

"明天你会来看我吗?"

丁弈想了想，点点头。

"你要记住，这可是承诺。"

吴小姐说完，凑近丁弈，将原本缠在脚踝上的那串铃铛塞进丁弈的手里。接着拐进长长的楼道，厚实的地毯吸收了她的脚步声，直到丁弈听见她关门才松了口气。

丁弈回到自己房间，躺在床上，回想晚上的事，古刹、溺水、那根救了他命的绒叶藤茎、吴小姐秀美的脸庞，还有……他拿出那串铃铛，举到空中，仔细看它泛着金属光泽的表面。

与吴小姐的交往，在秘密进行。虽然他们都知道这样下去势必瞒不住剧组里其他的人，这对于吴小姐的演艺事业亦有影响。她的经纪公司明令禁止旗下的艺人谈恋爱。可年轻人的心一旦被爱火点燃，便难以扑灭。

他们在子夜的绒叶寺幽会，在夜鸦的注视下，奔逐于高大的水杉林中，在浮霞街午后的明清建筑阴影中短暂接吻。吴小姐仿佛融入了他所有即将诞生的灵感，丁弈对剧本的修改越来越得心应手，他甚至为自己的小说起了一个不错的开头，他偷偷品尝着生活中这意外降临的美妙。

有一天，导演来找他，让他调整一场戏，并在其中一个场景中加一个鱼缸进去。丁弈问是什么样的鱼缸，导演比画了一下。鱼缸非常大，丁弈目测，这个尺寸都足够装进一条小型鲨鱼了。丁弈问导演关于这场戏的作用，导演向他阐述了自己的想法，总体想要表达的就是，鱼缸是一种隐喻，或者说是一种晦涩的意象，可以贯穿整个影片阴郁的基调。导演告诉丁弈这是场很重要的戏，关系着人物关系的转变以及后续情节的发展，要他好好想想再写。

这场戏让丁弈将自己关在屋子里好多天。这期间，吴小姐来找过他，并给这场戏提出了自己的建议，为枯思良久的丁弈提供了灵感。最终，就在香烟快耗尽时，他一气呵成地完成了这场戏。他对此非常满意，甚至有些兴奋，激动地跑去找导演，给他看刚写完的这场戏。果不其然，导演很满意，与他讨论了其中一些细节问题，最后他们还说到了吴小姐。导演问丁弈，吴小姐是否符合剧本女主角的形象，丁弈表示吴小姐非常合适，导演又问那天晚上他们去哪了，丁弈只说又去镇上走了走，吴小姐有些剧本上的问题要请教他，关于与吴小姐在绒叶寺的事他一概没提。

之后，他们又聊了些乱七八糟的事，例如亚马孙丛林的一个原始部落里的土著在水下憋气的时间打破了吉尼斯纪录；还有一种价值不菲，染色体变异，形似河豚鼓着一个大肚子的观赏金鱼曾被某个拍卖行拍出一百万的天价；以及日本一个搞笑综艺节目里非常著名的主持人酒驾淹死在海里的事。

那天晚上，吴小姐给他发了好几条语音，他都迫于导演在一旁的关系没有及时回复。直到从导演房间离开，他才给吴小姐打了个电话，可是无人接听。他本想去找她，可一看时间，已经很晚了，料想她可能早就睡下，便回了自己的房间。

第二天他睡醒起来，打算去镇上买烟的时候，就在离酒店不远处的地方，他看到道具师傅不知从哪运来一个与他剧本中所描绘的大小一模一样的鱼缸，将它从车上卸下来，搬进了片场。他问道具师傅从哪搞来这么大的鱼缸，道具师傅说，临时找人做的。

他顺便在镇上吃了午饭，那是当地有名的一种细面，汤煮或干拌，辅以各色浇头，别具风味。他专门打包了一份带回去给吴小姐，想让她尝尝。可吴小姐胃口不好，只吃了几口就不吃了。她说下午剧组要休整半天，没有事做，让丁弈陪她去镇上的一家酒吧去坐坐。

丁弈不能喝酒，因为他酒精过敏。根据医生的说法，是因为他身体里缺少一种分解酶。所以他只能看着吴小姐喝。吴小姐点了杯长岛冰茶，这家酒吧生意寥寥，装修也有些年头了，保持着改革开放初期沿海一带那些老板大款们的审美风格，整个酒吧只有一个看上去

20 岁出头的酒保坐在吧台后面玩手机游戏。丁弈点了杯气泡苏打水，与吴小姐面对面坐着，他从一旁的隔断里抽出一本书，是一本 20 世纪 80 年代流行的言情小说。丁弈大致翻了翻，故事讲了一个关于私生子向家族复仇却又爱上自己亲姐姐的悲剧。

"你看什么呢？"吴小姐问。

"哦，随便翻翻。"

"我有事要对你说。"

丁弈将书放到一边，看着面无表情的吴小姐。

"我想，我们必须要终止这样的关系了。"

丁弈没反应过来，愣了一下。关系？她什么意思？他们从未确定过什么关系，但又确实有关系。

"好。"

他很快恢复了平静，点点头。

"你没什么要说的？"吴小姐顿了顿，"不问问原因吗？"

"这取决于你想不想告诉我。"

吴小姐没回答，低头喝着长岛冰茶。

"哦，对了。"

丁弈想起什么，从口袋里掏出那串铃铛，还给吴小姐。但被吴小姐推了回去。

"你留着吧。"她说，随后又说道，"丁弈，我只是很害怕。"

"害怕什么？"

"不知道，我说不上来，就像那天我们在寺庙背后那片湖里游泳，你溺水，我无法想象如果你没有抓到那根绒叶藤茎后果会怎么样。"

"你是担心我？"

"我害怕的恰恰不是这一点。是我自己，是害怕如果你死了，我该怎么办。我的梦想，我的人生，都会因为这件事发生改变，你明白吗？"

丁弈没说话，接着点了点头。

"我们就到这吧。"他说。

丁弈起身，去吧台那边敲了敲柜面，示意正在玩游戏的酒保结账。他问吴小姐要不要一起回去，吴小姐说她还想再坐会儿，丁弈便一个人离开了酒吧。在回去的路上，他又经过了浮霞街，他忽然发现，只要站在街上一个特定的位置，就可以看见远处山上绒叶寺翘起的屋檐。

从那天之后，丁弈只想赶快结束修改剧本的工作，离开这个地方，如今他只要一见到吴小姐就感到前所未有的失落。这期间除了导演和制片朋友来找过他聊剧本上的事以外，丁弈便不再去片场。他白天在屋子里睡觉，晚上工作。在寂静无人的夜色中，偶尔会跑到山上的绒叶寺发呆，但不再靠近那片差点害死他的湖水。

在他内心里有一种潜在的期待，期待所有时间都倒回到与吴小姐认识的那天，期待她也会在深夜来这里并遇见他。可吴小姐再没出现在午夜的古刹之中。

两人再一次见面是在吴小姐失踪前的一周。那天下午，吴小姐不知为什么在片场与导演吵了起来，并当着众人的面，气冲冲地离开了片场。奇怪的是，第二天她又在片场与导演正常说笑，仿佛前一天的事没发生过一样。丁弈出于关心去找过她，问她争吵的原因，吴小姐对此闭口不谈，只说是一种艺术层面的争论，丁弈也不好再问。

可就在剧组快要杀青的时候，吴小姐失踪了，没人知道她去了哪里。刚开始大家以为吴小姐可能还在为之前与导演的争吵闹情绪使小性子，大家也去找过她，可她的房间被收拾得干干净净，像是从未来过一样。

剧组报了警，警局派人录了口供，并了解了一些情况，但大多数得到的都是一些虚无缥缈的传言和剧组中的桃色八卦，没有什么真正有价值的信息。警察也找过丁弈，问了他一些关于吴小姐的事。总之，例行公事般走了一遍流程，丁弈也并没有告诉他们自己与吴小姐之间的关系。

因为吴小姐的失踪，剧组停摆了一阵子，这令剧组上下陷入一阵恐慌，生怕眼看好不容易就要完成的项目就这么黄了，导演和制片朋友来找丁弈商量，决定要改掉剧本的结局。原本吴小姐饰演的女记者在最终探寻到案件真相后，会与隐姓埋名、躲藏了十多年的真凶有一场对手戏，可现在这场戏失去了它原本的意义。丁弈坚持再等几天，他相信她不可能就这么凭空消失了，她说不定过两天就会回来，说不定警方现在已经找到她了。可从那天起，直到剧组拍完影片的最后一个镜头，吴小姐都再没出现过。丁弈最终也失去信心，改掉了剧本的结局。

从剧组回来之后，丁弈就像变了个人似的，他想不明白吴小姐为什么要不辞而别。她去哪了？还是她从未就出现过？或是她遭遇了什么不测？他都无从得知。她甚至都没留下只言片语。但那一晚在古刹中的情形日日夜夜在丁弈脑中反复出现，他的写作事业仍旧毫无头绪，原本那篇开头不错的小说也因为吴小姐的失踪让丁弈失去了写下去的欲望。丁弈感到有什么东西扼住了自己的喉咙，令他喘不过气来。

半年后，他接到导演发来的微信，通知他参加电影的首映式，并将地址和邀请函一并发给了他。参加首映式的那天，天气预报说夜里有雨，他带了柄长伞出门。

到达位于市区的一座高档影院后，他随观众鱼贯而入，并特意挑了影厅倒数第三排的位置坐下。他在银幕上又一次见到了吴小姐，在那座破败的小镇街道间，他努力找寻她存在过的气息。

可一些疑问也接踵而来。例如，电影中并没有导演让他加的那场要用到鱼缸的重头戏，当然，也许导演最后出于某种原因删了那场戏，也可能根本就没有拍，他这么想着。

电影大获成功，影评人们毫不吝惜自己对于影片的喜爱，溢美之声不断，对吴小姐在其中精湛而令人信服的表演感到赞叹。而吴小姐的失踪，也让影片和她本身笼罩着神秘的话题性，导演在台上夸赞吴小姐是一名真正的演员，并对吴小姐的失踪深表遗憾，声称将竭尽全力配合警方寻找吴小姐的下落。媒体对此事件的不断报道和渲染令影片的热度持续发酵，票房和口碑节节攀升。

回去的路上，雨水如期而至。出租车的广播电台里正在播放李荣浩的《戒烟》，车头的雨刷有规律地摆动着。丁弈坐在车后座上，目光越过沾满雨水的挡风玻璃。当前方十字路口亮起红灯，车流停下来的时候，他看见不远处一辆灰色皮卡蒙着深色塑料布的尾部货箱，被风吹起一角，里面是被码放的密密麻麻的鱼缸，其中有些鱼缸里的水族们已经死去，漂浮在水面。他忽然握紧了手里的那串小铃铛，心头一阵颤动，感到一些事物从未如此清晰。

海怪

    阿北穿着条红色内裤，站在清冷的海边咽了口唾沫。

    这是一个沿着海岸线凹进去的峡湾，形似人的阴囊。光着脚踩在沙子里，能挤压出被埋在浅处的贝壳和螃蟹。阿北看着不远处海面上女人露出的头，她的头发浸透了咸腥的海水，紧紧包裹在脑后。

    "快来！"

    柚的声音从远处传来，撞在峡湾黑褐色的岩石上。她朝阿北挥挥手，接着一头扎进沥青色的海水里。进入大海之后，柚渐渐又变回原来的样子。

    阿北抬起头使劲吸了口气，肋骨两边的皮肉猛地紧绷起来，像被抽干了空气的气球。他一步一步朝海水深处走去，但仍旧对擅自闯进这片陌生海域产生深深的忧虑。具体忧虑些什么，他也说不清，眼前的海水让他脊背发凉。

　　他忽然感觉有些恶心，是异物在胃里搅动的那种恶心。之前他怀疑自己是否患上了某种疾病，可每一个见过他的医生都告诉他，只是精神过于紧张焦虑罢了。阿北自己并不这么认为。随着时间一天一天过去，频繁的恶心令他确信自己胃里一定有什么东西在作祟，而且无论是什么，那东西一定是活的。

　　当海水全部灌进阿北的耳朵，他感觉自己摔在一团柔软的棉花里。柚就在不远处，等他过去一道寻找那个藏在海里的洞穴。

　　柚是个对洞穴有特殊癖好的女人，喜欢独自潜入黝黑狭小的洞穴里。据柚告诉阿北，那样能使她性欲勃发，甚至有好几次她都在洞穴里来了高潮。这次柚通过网络找到的这个海底洞穴，是前不久另一伙儿洞穴爱好者无意间发现的。他们把洞穴的大概位置在地图上标出来，拍了照片上传到社交网络。柚按照上面的信息，和阿北花了一天时间驱车来到海边，目的就是想跟阿北试试在洞穴里做爱的感觉。

　　"你该感到荣幸，你是第一个。"柚是这么说的。

　　但阿北一点也不这么觉得，他只是贪恋柚细长白皙的大腿，还有她惑人的脸庞。他不是个思想保守的人，但还是对柚的提议感到抵触。他抵触的不是在洞穴里与柚做爱这件事，他抵触的是"第一个"这种说法。

他讨厌成为第一个。第一个意味着没有任何选择，意味着成为某项实验的牺牲品，意味着在他之后还会有第二个，第三个，第四个……那种由数量累计产生的廉价感，着实令他恐惧。

阿北想起小时候自己爱吃鱼，有一次他的父亲从外面带回来一条怪鱼。那是一条阿北从未见过的鱼类，长相怪异，牙齿凶恶锋利。父亲说，这应该是深海里的鱼。可阿北觉得那不是鱼，他在饭桌上盯着它。早就死透的鱼被盛在一个圆盘里，冒着热气，父亲没动筷子，让他先吃。他犹豫了一下，夹起一小块鱼肉放进嘴里。那是他吃过最腥的东西，他想吐出来，可父亲逼着他全咽进肚子里。从那以后，阿北便不再吃鱼了。

从柚第一次提出要到那个洞穴去做爱起，他就表示反对。为此他们争吵多次。每次跟柚吵完，他都觉得胃里有什么东西在来回扭动。随着两人之间争吵次数的增加，这种感觉越来越强烈，阿北的忍耐已经到了极限。

那天柚像往常那样把猫关进笼子后，到床上与他做爱。可整个过程中，他都觉得笼子里那只金吉拉一直盯着他。那眼神警惕、凶狠，就像是面对天敌时露出的本能反应一样。

在床上，阿北轻轻抚摸柚手臂上细小的绒毛，他感觉它们从皮肤里破土而出，直直立了起来。阿北抬头看着柚起伏涌动的乳房，察觉出她体内潜藏的野性。柚告诉他，自己喜欢让那只猫看她做爱。

阿北承认，因为那双猫眼的注视，他在柚身上获得了极致的性快感。但这并不代表他就喜欢那只猫。他总觉得它知道些什么，眼睛里常常含着敌意。他曾和柚提起过，柚总笑他敏感多疑，还劝他没必要和一种温驯的小动物过不去。

温驯？他可不这么认为，所有长着尖牙的动物都不能算温驯。

完事之后，柚去了卫生间。他听见她把马桶盖放下来，坐在上面小便的声音。柚是个健康而性欲旺盛的女人，她的尿声一路贯穿，没有间断。阿北偶尔会想，她到底是一个怎样的女人？从恋情开始那一天到现如今，阿北觉得几个月的时间并未让自己更了解柚，相反使他对柚更加困惑。而她在性方面可怕的想象力，一直像个巨大而深不可测的黑洞将他裹挟进去。

他下床把厚重的窗帘拉开，外面稀稀拉拉下着小雨，他喜欢雨天。这时他听见抽水马桶响了，接着是水龙头，过了会儿，柚从里面走出来。阿北看见有几根弯曲的阴毛从她窄小的白色内裤里钻出来，这让他又起了欲望，上前去抱她。笼子里那只猫一直焦虑地走来走去，像是预感到什么，开始叫起来。那叫声像初生不久的婴儿，尖利刺耳，柚试着安抚它，可没什么效果。她有些不耐烦，从阿北的胳膊里挣开，说她到宠物店买点东西，接着让阿北帮自己系上内衣后面的扣子，罩了件黑色的线衫，提上牛仔裤就出了门。临走的时候又嘱咐他别出去，她没带钥匙。

柚走后，阿北的胃又开始不舒服起来。从刚才做爱的时候，他就觉得难受。他弯下腰，看着笼子里那双海蓝色的眼睛。猫似乎受到了某种警告，老老实实趴了下去，用尾巴盘住身体的一侧。

阿北坐到一旁的沙发上，从桌子上那堆书里随手挑了一本。那是本介绍如何在世界各地探险的书，有点类似旅行游记那种东西。柚喜欢看书，什么书都看，但同时柚又是个放荡的女人，这并不是说爱看书和放荡之间有什么必然联系，只是柚曾经告诉阿北，自己那些和性有关的稀奇古怪的念头全部来自她看过的那些书。譬如，她说曾经看过一本《世界建筑史》，里面每一幅彩色的插图，她都撕下来贴在床上方的天花板上，这样她躺在床上就能看到它们，并将手伸进隐秘的巢穴，想象自己在这些风情万种的建筑里与不同的男人做爱。说到这儿的时候，阿北记得柚兴奋地跳到沙发上，像只发情的母猴子。

那本书阿北只翻了两页就失去了兴趣。这时，他感觉胃更难受了，便从枕头底下把药拿出来。那是一位内科医生给他开的专门用来缓解胃不舒服的药，一日三次，一次两粒。医生本来只是建议他回去休息，但他坚持要开些药，无论医生如何劝慰，他始终认为自己的胃有问题。他甚至想让医生给他做个手术，把肚子剖开来，将胃取出，放在手术灯的强光下看看那里面到底有什么。不过后来，他打消了这个念头。

阿北从塑料薄壳里剥出两粒药，丢进嘴里，喝了一口柚放在床头柜上的水，凉意让他对自己肠子的回路有了清晰的认识。

他忘了自己是什么时候睡着的，只记得醒来的时候，猫不见了。他原本以为柚在自己睡着的时候回来过，并将猫带走了。可当柚回来的时候，他发现并不是这么回事。

猫就这么失踪了，他们开始怀疑有人趁阿北睡着的时候，把猫偷走了，可他们检查了窗户和门，没有任何被撬开或是异常的痕迹。猫笼也是锁着的，猫粮和水也整齐摆放在那里面，没有任何征兆显示有人进来过。

阿北和柚打着手电筒找遍了房间的每一个角落，甚至连小区和附近的垃圾场都找过了，却一无所获。

他们回去后，阿北试着安慰柚，可柚却将错归咎于阿北，并恶毒地怀疑他对猫做了什么可怕的事。两人又一次吵起来。这次争吵，让阿北意识到他们的关系再这样下去，马上就会走向尽头，于是他主动提出去找那个海底洞穴。

出发前一晚，阿北躺在卫生间的浴缸里一夜没睡，他知道柚一定也没睡。自从猫丢了之后，柚就变得反常起来。她时常坐在床上盯着空荡荡的猫笼发呆。就连她旺盛的性欲也在她体内快速流失，整个人开始变得异常衰老。

这并非是阿北希望看到的。他是那种在一切都变了之后，还期望能恢复如初的人。

他们租了辆车，车是阿北挑的，那是一辆过时的蓝黑色大切诺基。他们开着车沿着高速公路出了城，在郊外狭长的海岸线上行驶。柚摇下车窗，把胳膊肘搭在上面，看着窗外所有在地面生长又飞速消失的景观。

中午他们在服务区停下来简单吃了些东西。柚吃得很少，他不知道柚在想什么，自从他们离目的地越来越近，柚的话越来越少。阿北忽然有种感觉，在那片陌生汪洋里，有什么在等待他。

公路宽阔而平坦，除了偶尔有零星的车经过，它更像无限重复的路径，看不到头。阿北旋动了车里的收音机按钮，里面突兀地窜出一声猫叫，阿北被吓了一跳，险些失去对方向盘的控制，他猛地踩了刹车，撞到路边的护栏上。

过了一会儿，阿北先缓过了神，询问柚是否还好，柚只是机械地点点头。接着他重新发动了车子。这回他关掉收音机，将车速降下来，边开边想，柚刚才是否也听见了那声猫叫。可柚一句话也没说，阿北松了口气，用一只手把皮带解开，一路上它都勒得他有些难受，他可不想现在就惊醒他的胃。

到达峡湾的时候，已经临近傍晚了，他们一整天都没见过太阳，肥厚的云层淤积在海面上空，像时刻准备揭示一场旷阔的风暴。

阿北看了看四周，除了大海，只有他和柚两个人。

"是这里吗？"阿北问道。

柚什么话都没说，一个人走到海边，将衣服脱光，钻进了大海。

现在，阿北早已习惯了海水的温度。他在水里缓缓游着，偶尔浮出水面换口气，发现刚才那些逃过云层遮蔽的光线也不见了。海水挤压着他胸腔里跳动的心脏。他喘着气，冰冷顺着背部的海水爬上他暴露在空气中的头颅，让他的上下颚微微发颤。在这片黑暗中他看不见任何东西，只能听见海水在身边相互拍打的声音。

最后，他们在离峡湾不远的海域找到了那个入口窄小的洞穴。柚先游了进去。阿北有些迟疑，那黑漆漆的洞口，让他有一种被催眠的体验。

当阿北终于浮出水面，爬上岸的时候，一束刺眼的光照着他。是柚，她手里拿着一支黑色短小的军用手电站在他面前。

在黑暗的洞穴里，柚的双眼因为兴奋而闪闪发亮，湿漉漉的头发像弯曲的海草一样披在肩上，她白花花的身子贴在湿冷的黑色岩石上，迫不及待地冲阿北张开了双腿。

阿北看着眼前这具完美的胴体，忽然明白，这是一场等待他许久的仪式，用来祭祀生命里的某些东西。此时，一股熟悉的腥味儿开始在四周弥漫，他听见洞深处传来某种动物的声音，在胃里回响。

遗址

　　那是一次秘密巡游。他们相互瞒着各自的恋人，从上海坐飞机抵达了开罗机场，这是他们十年来的首次见面。

　　在此之前，他们见过的次数屈指可数，更多时候是在照片上见到对方的样子。男人无数次想象与她见面时的情形。现在他坐在机场座椅上，试图调整自己呼吸的节奏。将近四十岁的人了，心中还没来由地感到紧张，手心攒了一大把汗。他有严重的焦虑症，需要靠药物才能镇定，哪怕是令人兴奋的事，都能将他的焦虑勾出来，这曾困扰他的生活，但现在他已经习惯了。

　　他把婚戒从无名指上拔下来，用汗渍渍的手指擦了擦，塞进一个带塑封口的塑料小袋，放进夹克的口袋里，呼吸平缓了许多。这是他早就准备好的，他不想到时候因为习惯，而在见她时忘记摘掉这提醒他身份的象征，免得到时令场面尴尬，但他更深的想法，只是不想让自己对这次见面怀有愧疚感。那颗钻石散发的光芒，像妻子如炬的眼神。他不善于撒谎，仅有的几次不得已的谎言，也都在妻子锐利的目光下曝尸荒野。那时，他想，这下好了，自己一辈子都不可能有秘密了。

多年的婚姻令他领略到了秘密的重要性。秘密是维持婚姻的灵丹妙药，没有秘密的婚姻，就像是套在脖子上的中世纪绞绳，勒得他透不过气。而她正是藏在他心底最大的秘密，是从未对人提起过的秘密。这些年，他一直靠着这个秘密艰难度日。他总觉得自己像是独自一人在北极荒原上面对残酷的风暴和披着凶残皮毛的野兽。而关于她的一切，就像他手里唯一的武器，一支石矛或是一把双筒猎枪。

去埃及是她提出来的，她说想去看看吉萨高原的金字塔。他们聊过这个问题。她说小时候曾经幻想长大能成为一个考古学家，亲手挖出那些珍贵的文物。

"你可能觉得有点恶心，但我喜欢木乃伊，第一眼看到它们时，我觉得时间像是血液一样在他们干瘪的血管里流动。"她这样说道。

他就是在那个时刻爱上她的，他觉得一个喜欢木乃伊的女人令他着迷，她和以前碰到的那些女人都不一样，她很特别。一直以来，男人总觉得自己被枯燥乏味的生活困住了，不亚于那些关在动物园笼子里抓耳挠腮，时刻想冲破牢笼的大猩猩。他只能不断努力去发现生活中特别的事物，用来缓解他这一病症。可他知道这只是暂时的，不久后，他又会重新陷入那样的生活中。

他需要一个能够帮他解除诅咒的人。是的，有时候他不免想起白雪公主的遭遇，他想把白雪公主从冰雪封存的棺木里丢出去，然后自己爬进去，躺在里面等待王子的神奇之吻。

他觉得他等到了，她就是他的神奇之吻，混沌黑暗中的一丝曙光，她驾着太阳马车，像古希腊那些智慧、美貌与勇气融为一体的女神一样，来将他解救出地狱。从青年到中年的这十年间，他逐渐领悟到地狱不在别处，就在他生活的这个世界，是妻子与他的争吵，是每天要面对的负面新闻，肮脏的空气，人与人之间的虚伪，无谓的消耗，和不知道什么时候就会降临在头上的恶病。

与他父亲年轻时候相比，他更早地进入了中年男人特有的恐惧中，他现在甚至有些羡慕已经退休的父亲，羡慕他已经熬过了最艰难的岁月，而他，才刚刚开始经历。

认识她的时候，他刚好三十岁，正野心勃勃地想在生活中策划一场战争，他甚至还做着可以改变世界的

梦。他记得有一天晚上，用一支黄铜笔在笔记本上写下
一行话："总有年轻的山脉，在预谋多情的革命。"他
现在很怀念那段岁月，一切都显得生机勃勃，而他的感
情生活比起现在则自由得多，每天晚上他都会跟不同的
女孩约会，与她们滔滔不绝地谈论生活，而旺盛的性欲
总是会在每天早晨醒来时，让他获得前一天晚上女伴的
夸赞。

直到认识了她，他才瞧清楚爱河真正的样子，它如
何流动，是深是浅，里面有没有生灵，他一下子全都明
白了。

那是在某个秋季的一天，他以嘉宾的身份应邀参
加一所大学的文学讲座，他早早就来到了校园里，在里
面闲逛，银杏树泛黄的叶子洒落在狭长的步道上。他穿
了件薄羊绒的驼色风衣，双手插在口袋里漫无目的地走
着，有年轻的学生从他身边骑车经过，怀着好奇的目光
回头看他一眼，便继续朝前骑去。

步道尽头的圆形小广场里围着一堆人，他走过去
想看看发生了什么事，透过人头涌动的缝隙，他看见一
个安静的女学生坐在支起的画板前画画，画布上是教学
楼硬朗的轮廓，交叠的线条。他看不见她的正脸，只能
站在她背后看见那偶尔眨动的睫毛，她头发黑亮的光泽
吸引了他，它们被规律地编织在一起，搭在白色外套上，

展现出生命的韧性和活力。她虽然坐着，但凹凸有致的身躯，像一座等待别人攀登的山峰。他能看出这座山峰的距离，她并不想随便让什么人都来试试，只有得到她邀请的人，才可以进入山脚下的禁区。

男人先到了开罗，他取了行李，出了机场，坐上一辆车头保险杠看着有些松动的二手丰田卡罗拉，前往预先订好的酒店。一路上，他看着道路两边高大的棕榈树、乱糟糟的街道、趴在路边车顶晒太阳的土狗，还有骆驼沿路拉的粪便，便把车窗摇了上去。他想，几千年前，这里应该有巨大宏伟的神像、政教合一的宫殿和彻夜不熄的灯火。

接他的向导是一位曾在中国留过学的埃及学生，中文还比较流利，一路上给他讲埃及现在政府的腐败、国内矛盾和下跌的经济，还有因为恐怖袭击而日趋紧张的军事管制。偶尔路过一些有名的景点，他都会给男人介绍一番。向导说这些的时候，喜欢跟一些中国古迹做比较，说哪个历史更悠久，哪个建筑更好看，还说他去过兵马俑和长城，那里的人比吉萨高地的沙子都多。男人更多时候只是听他喋喋不休地说着，偶尔问上一两句。

他想着一会儿到了宾馆，要不要再给女人订间房，他其实早就订好了酒店的一个套房，但他不确定女人是否愿意第一天晚上就跟他住在一起。他盘算了一阵子，等车在酒店门口停下时，还是决定给女人单独订一间比较妥帖。

　　向导告诉他晚上可以在城里转转，明天一早他会开车带他去机场接人。午休后，下午就拉上他们前往尼罗河南部的金字塔区，之后导游便开着车走了。他提着行李在酒店前台办理了入住手续，随后坐电梯来到自己的房间，将窗帘拉开，打开窗户。外面他听不懂的外语和嘈杂的车流声一下子涌了进来。他把鞋脱了，躺在床上，打开手机给妻子发了条消息，说自己已经到了酒店。他是以见客户的名义出来的。在来埃及前，他偷偷办了张信用卡，就是为这次旅行的花销准备的。之前信用卡的手机号他填的都是妻子的，只要有资金流动的现象，妻子就能在自己手机上看到。

　　他为自己的英明决策感到一丝侥幸。之后，透过窗拍了张开罗街道的照片，用手机发给女人。女人回复了两个字，"期待"。

　　是啊，她期待与他见面，为了这一次见面，他们花费了十年的时间。这十年间，女人已经不再是那个毫无生活阅历、充满幻想的学生。而他也不再是年轻的山脉。他们都各自经历了许多。她结了婚，他也结了婚，他们都在爱情面前与其他人许下了相同的誓言，可那又怎么样？他们的心中还是为对方留了一个隐秘的位置，用来供放对彼此从未道明的感情。

他睡了一会儿，睁开眼的时候，没有拉紧的窗帘被来自尼罗河边的晚风吹起。他看看手表，已经是晚上八点左右了。他从床上爬起来，伸了个懒腰，接着去浴室洗了个澡。洗澡时，还特意检查了自己的生殖器，希望它能振作起来。他渴望这次能与女人做一次爱，他抑制不住想彻底拥有她的想法，甚至曾经好几次与妻子做爱的时候，都将妻子想象成她，那是他婚后为数不多的几次令他感到愉悦的性生活。

他出门后，在路边的小吃摊上简单吃了点东西，那是一种被当地人称作"kushari"的食物，用米饭、空心粉、洋葱、黑扁豆及番茄酱和在一起的类似饭又像是面条的主食，味道怪怪的，他有些吃不惯，只吃了一半就结账走了。他漫无目的地在街上溜达，看见路边有贩卖文物的小摊，便走了过去。他看中一块年代不详的圣甲虫护身符，询问价格，文物贩子比画了下，50美元。有些昂贵，更何况，这块护身符有可能是假的，来自自己国家某个南方小城的廉价手工品作坊。但他看着月光沿着护身符老旧的弧度泛起若隐若现的光泽，又想也可能它是镶嵌在古埃及王朝某一任祭司权杖上的神圣饰物。最后，他还是买下了它。

他一直想送个礼物给她，但不宜太贵重，要特别，有特殊意义。她曾经送给过他一幅画，一座落满雪的凋敝城堡，颇有法国印象派的笔触，她也曾告诉过他，她喜欢雷诺阿和马奈。画原本一直挂在他的卧室，结婚之后，就被取下来，换上了他和妻子的结婚照。好在妻子从没问过他这幅画的来历。他将画小心翼翼存放在阁楼里，用一块白布遮住，偶尔借打扫之名上去看看它。

他把护身符包好，放进口袋，想着在合适的时候送给她。她应该会喜欢吧，他这样想着。自从十年前第一次在校园里见到她之后，他就难以忘记她。她身上所展现的生命力令他着迷，还有她安静坐在画板前握笔的姿态，构成了一张网，将他捕捉了进去。他原本以为这只是一次偶然的邂逅，可在之后的讲座上，他坐在礼堂的台上又看到由于迟到而闯进来的她。她冲他吐了吐舌头以掩饰自己的尴尬，之后便坐到了最后一排，那场讲座的后半部分，他的目光都时不时从她身上扫过。

老实说，他仔细想过他们之间恋爱的可能性，可年龄的差距令他退缩了。他承认自己并不像表现出来的那样勇敢，他的心中藏着一个自卑的小男孩，他一直在努力掩饰这一点，他有欲望，但不敢将他们轻易袒露出来，因为自尊对他来说是他唯一拥有且骄傲的东西。

那次讲座之后，他们相互加了联系方式，但也仅仅是出于礼貌，谁都没有真正联系过对方。他在努力忘记她，可越是这样，她的样子反而愈来愈清晰，最后他有些丧气，觉得自己的革命失败了，但不是败给其他的什么，而是败给了爱情。是的，他觉得那是爱情，他有些懊恼，为自己心中渴望的那种纯粹真挚的感情这么早的降临而感到懊恼，为自己一直引以为豪的克制力这么快就被她摧枯拉朽的摧毁而感到羞愧，同时，他又觉得自己是幸运的。他觉得有必要为了这幸运放下他的自尊，要不然他日后肯定会受到来自玫瑰的惩罚。那流产的爱情之刺将会洞穿他此后每时每刻都在不断追悔的日子。

所以他主动联系了她，找了一个自以为天衣无缝的借口，说自己想买一幅她的画。她当然高兴，但拒绝了他想支付酬劳的请求。她将画送给了他，一幅落满雪的凋敝城堡。她说这幅画是在读完布扎蒂的《鞑靼人沙漠》后画的，他没想过她还读过这么冷门的小说，那本小说是他在大学修研文学课时读的，大致讲了一群士兵，在无望地等待一场永远也不会到来的战争。他当时觉得有些枯燥，拖了个把月才磕磕绊绊地读完。

之后他们就顺理成章地聊起了文学。当然，这是他擅长的领域，但她也不差。有时候，他甚至惊讶于她这个年龄段的阅读量居然有超越自己的趋势，这令他本能地感到焦虑，他只能不停阅读，一直保持在能够覆盖她的范围内。在这方面，他是骄傲的，并不想被她超越，他必须掌握主动和局势，那时候他发现，真正的战争才刚刚来临。她也不甘示弱，频频表达自己在艺术上新颖又锐利的立场和见解，他觉得她就像一支年轻漂亮的矛，正在不停刺中自己这副逐渐走向老迈的盔甲，金属碰撞的火花在他们之间闪耀。

那段时期，在他的字里行间，爱情总是被频繁提及。他写了大量的诗和小说，但没有告诉过任何人，只是谨慎地拿出比较晦涩的几首给她看过，让她提一些意见。她说他的诗里情绪太多了，应该克制，不然读上去总感觉太飘。他的高傲第一次败下阵来，但还是客观消化了她的建议，重新修改一遍后，确实好了不止一点。

他们就这样一直保持着联系，直到有一天，她忽然消失了，他发的消息，她也没再回复过。他不知道她遇到了什么事，是遭遇了不测？还是把手机弄丢了？或者只是单纯厌倦了与他的这种联络。他甚至想过要不要报警，可是忽然发现他连她的住址都不知道。

那时，他身边有另一个女孩出现了，他并不讨厌她，与她在一起可以排遣寂寞，但在精神上，她满足不了他。可世上哪里有完美的事？他衡量了一下，决定还是现实些，毕竟她对他来说，太虚无缥缈了。

他删掉了她的电话号码，开始与女孩交往，逛街，吃饭，看电影，做爱，争吵，商量每个月的生活成本，就是那些再普通不过的事，他的心沉寂了。他找了一份稳定但枯燥乏味的工作，手机换了新号码，他也不再写诗，还将那些原来写给她的诗都烧了，但烧到一半他又后悔了，只从火盆里抢救出来一些残章碎页。他叹了口气，痛恨自己的冲动，接着将它们放在一个已经吃完的巧克力盒子里，里面还有可可粉的甜味儿。他把盒子长期锁在一直不怎么去的健身房的更衣柜里。

　　事情似乎就这样逐渐被层层叠叠的生活掩盖了，看不出一丝痕迹。几年之后，他跟女孩结了婚，在城市里还算高档的酒店里宴请了身边的亲人和朋友，而他的身型也开始变得臃肿起来。第一次见到她时穿的驼色风衣已经被压在更大号的衣服下面很久了，妻子整理衣柜的时候，翻出了这件风衣，问他还要不要，不要就扔掉或是捐给慈善机构。他说，你看着处理吧。便没再多想这件事，直到妻子在衣服口袋里掏出一张写有一串电话号码的纸条时，他才又想起她，说那还是留着吧。妻子问这是谁的号码，他只说可能是以前的某个朋友，他也不记得了。妻子将衣服扔给他，便没再多问，他拿着那张纸条，久久没有说话。

　　第二天，他下班后没有像往常那样开车去接妻子，而是去了离家另一个方向的健身房。他打开柜子，从里面取出那个巧克力盒，坐在凳子上，一片一片翻看那些曾经的自己。他掏出手机，拨通了那个号码。电话是通的，让他有些惊喜，同时又很忐忑，就在他想挂断的时候，电话接通了。

是她的声音，虽然他们并没有时常见面或者打电话交流，但他知道那就是她的声音。

"喂？"

她的声音像是黏住了他笨重的灵魂。他感觉身体有些颤抖。

第二天一早，向导准时来酒店接他。在去机场的路上，向导问他昨晚睡得怎么样，他其实一宿没怎么睡，一方面是时差令他睡不着，另一方面，只要一想到她即将到来，他的心就无法平静，这种感觉他很久没拥有过了。他不觉得这是对妻子的背叛，也不觉得这是一种选择，这对他来说，是必须要完成的那场十年前便夭折的革命，是他青年时期戛然而止的自由生活，他要让它变得完整。

所以，他有多爱她吗？他说不上来，他问过自己类似的问题，但有时他很困惑，为什么随着年纪的增长，他越来越不明白爱是什么。爱情曾在他的观念里是至高无上的珍宝，而她就是那颗珍宝。可有了妻子之后，他发现他也爱妻子，但不同于对女人的那种爱，他和妻子的爱从结婚纪念日的烛光晚餐，一直延伸到他蹲在马桶上，她给他递卷纸的动作上。

有些人告诉他，他对女人的那种感觉不是爱，那只是他一厢情愿的想法，他承认，缺乏生活支撑的情感并不牢固，甚至不能称之为爱。可如果不是这样，他跨越好几个国家的版图，怀揣着秘密，冒着被妻子发现的风险来埃及，这又是为了什么呢？他自己也说不清楚，他只知道，他必须要来，必须见她一面，哪怕此后他的生活因此而破碎，他也必须见到她。

向导将车停在机场外，原本向导想与他一道去接人，但被他委婉拒绝了。在这样重要的重逢时刻，他不希望有第三个人在场。

他站在接机口，看见电子屏显示她乘坐的航班已经到了，陆续有乘客拿好托运的行李从里面出来，他对着玻璃将自己的着装又整理了一下。他看上去比十年前矮一些，也可能因为发福的缘故，发际线也越来越靠后，总之，他感到自己身上的一切都在走下坡路，但他还是尽可能拿出百分百的精神来面对它。

女人出来了，比他想象中的更漂亮，也更年轻，但看上去要比相片里的年龄大一些，毕竟那已经是十年前的照片了。他朝她挥挥手，女人环视了一圈，最后目光定格在他身上。她摘下墨镜，犹疑地摇了摇墨镜，他也挥了挥手，女人才拖着行李朝他走去。

"你比以前胖了。"女人笑着说道。

他笑了笑，从她手里接过行李，和她并排走出机场。

在车上，他问女人旅途是否顺利，问出口后又觉得有些说废话，她都已经安全坐在他身边了。女人则将她旅途的细枝末节都讲给他听，他感叹她的记性还像以前那么好。他旁敲侧击地问了些关于她丈夫的情况，女人开玩笑说，他问的是她哪一任丈夫。他有些吃惊，原来她不止有过一次婚姻，但他还是装作平静的样子。女人说她现在的丈夫是一家上市公司的高管，夫妻感情谈不上多差，但也谈不上有多亲密。

"他更爱他的工作。"女人说这话的时候，头扭过去看了眼窗外有些脏乱的街道。他忽然想到，这样的埃及会让她失望吗？

到了酒店之后，他把已经提前办好的房卡给她，她接过去意味深长地看了他一眼，便拉着行李进去了。

他们约好半小时后出发，向导在酒店大堂等着。女人要简单梳洗一下，再补个妆，换一身衣服。他坐在自己酒店的床上，安静得能听见手表上秒针的声音，隔壁女人按抽水马桶的声音，扭水龙头的声音，关门的声音，还有打电话的声音。他听不清她在说什么，但听上去有些激烈。他猜十有八九是她的丈夫，她刚才在车上也说了她与丈夫之间的关系并不那么好。他心中不知道为什么竟有些开心。他知道这样不对，但就是忍不住这样想。

他在屋子里多等了十分钟，看时间差不多了，便出去敲了敲女人房间的门。女人在里面应了一声，他听见有轻微的跑动，门开了。他看见她的头发还没有盘起来，整个人看上去有些疲惫，他问需不需要取消下午的计划，先好好休息。她说不用，还说等这一天很久了。她让他进来等，他看见行李箱摊在床上，里面原本叠得整整齐齐的衣物，现在看上去有些凌乱，她应该在找些什么。

"我的帽子不见了，我记得明明放进去了，真是见鬼了。"

最后女人决定暂时放弃，就在他面前将头发盘了起来，挑了副墨镜，合上行李箱的盖子，说出发吧。

他们坐在车里，一路上，女人用相机拍摄沿途的景色，男人则有些欲言又止，向导从后视镜里不时看着后面的这两个人，他可能在猜测他们是什么关系吧。情侣？不像。他们之间是有距离的，况且前一天，他瞥见男人无名指上有婚戒的痕迹。那么是夫妻吗？也不像。他们缺少夫妻之间那种松弛感，或者不如说是对彼此已经缺乏兴趣的状态，哪怕就是在关系紧张的夫妻之间，向导也能敏锐察觉到这一点。可是坐在车后座的这两个人，太奇怪了。男人看上去有些紧张，女人则专注地做自己的事，他们就连交谈都很少。

终于，还是男人先开了口，他问了那个一直以来埋在心底的问题，她消失的那段时间，都发生了什么？她收起相机，叹了口气，摘下墨镜。他能看见由于长时间旅途劳顿，女人眼底的疲惫，以及眼角的皱纹。她说，原本不打算说这件事，但她知道这次与他见面，也无法回避这个问题，她看着车窗外，陷入了深重的回忆里。

她说，那时她是喜欢他的，并没有那么喜欢，只是有一些相比周围其他追求她的异性更多的好感。可他太胆怯了。她其实早就等着他的表白，可却迟迟没有等到。当时她也面临是出国留学深造，还是留在国内工作的艰难选择中。如果那时候他有足够的勇气告诉她对她的爱意，说不定，他们两人现在的人生会大不一样。

"我是个没有耐心的人，所以，之后我也决定不再等了。"女人这么说道。

她告诉他，做好决定后，她就利索地办好一切留学所需要的手续，前往英国一所大学进修。在那里，她与一位比她年长很多的男人开始谈恋爱，男人是她学校里一位教授英国古典文学的老师。男人有个前妻还有个儿子，他们大概秘密恋爱了一年，最终那个男人还是决定与前妻复婚。

"他说没办法抛下他们。"女人说这句话时，车前方已经隐约可以看见金字塔的塔尖了。

之后，她在毕业的第二年又跟当地的一位华裔有过一段短暂的婚姻，直到离婚后的第二年，遇见了现在的丈夫，并回国与他结了婚。

可婚后生活令她感到厌倦。

"就做些家庭主妇的事，偶尔看看书，其实有时候我都不知道这几年是怎么过的。对了，你还写诗和小说吗？"

"早不写了。"

"怪可惜的。其实我一直觉得你能成为一个好作家。"

男人听到这些话，想起了那些被烧掉的诗，仿佛看见它们在幽暗的巧克力盒里闪烁着光芒。但这光芒很快也熄灭了。

"不过我最近倒是在尝试写一些东西。"女人说道。

"写什么呢？"

"一个小说，陆陆续续写了一年多，马上就写完了。"

"关于什么？"

"很复杂，写完给你看吧。"

车子在干燥的沙石中飞快行驶，扬起大片的灰尘，等灰尘落下时，雄伟的金字塔陵墓和狮身人面像出现在他们面前。

他从没想到，它们是这么的巨大。一直以来，在他的印象中，这些零散分布在黄色地域的立体三角形建筑，从天空俯瞰过去，只有逗点那么大。

"和我想的一样。"女人从车上下来说道。

她举起胸前挂着的相机，对着金字塔"咔嚓"拍了张照。可放下手臂的时候，她的挎包从胳膊上滑下来，掉在沙土里，里面的东西撒了一地，有化妆镜、口红、香水、一对儿做成弯曲小蛇模样的耳环、手机、一把做工精巧的木梳、随身携带的卫生巾、零钱包，还有一本叫《柠檬》的书，作者是一个日本人，叫梶井基次郎。男人下意识想要去帮她捡起来，可等他蹲下来后，却发现根本没办法帮她整理那些东西，因为他想到了妻子，那一刻，他感到了难以言明的愧疚向他袭来。

当他在发呆的时候，女人问他是不是不舒服，男人回过神来，这时候，女人已经把东西收拾好了。

"没事，老毛病了。"男人拍了拍膝盖上的土，撒了个谎。

"那个小说，其实写的是我跟我丈夫的事，本来也并不想对你说，怕你觉得无聊。"

他们绕着金字塔的一侧边缘，走到另一侧。

"那怎么现在忽然想告诉我了？"

"我觉得还是应该告诉你。包括这次跟你出来，其实我们都知道，我们之间的不是爱，只是，只是一种从未道明的想象。"

想象，女人把他们之间的关系称为想象，他本想反驳，却发现这就是事实。他对她的爱只是基于一种想象，一种虚无缥缈的爱恋，她应该也是这么想的。那次偶然的失联，以及想得到她的欲念，像磁铁一般将他牢牢吸附在对她的想象上。他发现那只是自己不甘心于在青年时代没有一段值得称颂的伟大爱情，他不愿意承认自己正逐渐走向庸常的人生。他对此太过苛求了，他无数次将自己想象成那些伟大爱情中的男主角，斯佳丽的白瑞德，卡萨布兰卡的里克，沉入冰海的画家杰克，而将她想象成他们忠贞不渝的漂亮爱人。到头来，他发现这根本不是什么爱，只是对自我的不断取悦。

他看见不远处，向导靠在那辆卡罗拉车上抽着烟，有当地人的小孩在向导身边说着他听不懂的语言。

"我们其实并不合适，我喜欢你的才华，可我是个贪心的女人，我想要得更多。"

"如果当时我向你表明心意，你会答应吗？"

"我不知道。"女人想了想，又说道，"可能会答应，但我不会跟你一起生活下去。"

"我有个问题。"

"你问。"

"既然如此，那你为什么还答应跟我出来？"

"小说还差个结尾，我需要完成它。"

"所以我是这个结尾？"

"应该说，我们是这个结尾。"

"那在这个结尾，我们都做了什么？"

女人没有回答，在金字塔的遗址下，她将嘴唇凑近他。

他们就这样接了吻，那个吻草率，慌张，又显得过于正式，更像是出于礼貌和为了完成某种仪式而接的吻。他们都心知肚明，必须完成它，为这段不知道将延伸到何处的关系做个了结，那也是她所说的结尾。

那个吻结束后，两人都没说话，女人问他去哪，其实他也不知道去哪，他们还要在埃及待很多天，可以去很多地方，比如阿布辛贝神庙、帝王谷、西奈半岛、卢克索、古都孟菲斯，可是那一刻，他却说不出一句话。

"你看，它们曾经多么辉煌，可现在也不过变成了废墟。"女人对着狮身人面像说道。

男人忽然感觉心里某个地方发出了"咔嚓"的断裂声，沿着那些不断延伸的裂痕轨迹，在他的骨骼之下，勾勒出一座无名的宫殿。

向导走过来，提醒他们马上就要天黑了。我们走吧，他说。女人转身的时候，男人偷偷从口袋里掏出那块本打算送她的圣甲虫护身符，将它扔在柔软的沙地上。

　　天黑降临前，夕阳最后的余晖洒在宏伟的陵墓上，洒在他们刚刚在沙土中留下的凌乱脚印里。女人和男人都没发现，那枚躺在沙土里的圣甲虫在光的照射下，仿佛活了过来，迅速地钻进了即将再次被人遗忘的遗迹里。

图书在版编目（CIP）数据

海鸥墓园 / 郑然著. -- 福州 : 海峡文艺出版社,
2020.5

ISBN 978-7-5550-2212-1

Ⅰ.①海… Ⅱ.①郑… Ⅲ.①短篇小说—小说集—中
国—当代 Ⅳ.①I247.7

中国版本图书馆CIP数据核字(2020)第038903号

海鸥墓园

郑然 著

出　　　版：海峡文艺出版社
出 版 人：林玉平
责任编辑：陈　瑾
编辑助理：卢丽平
地　　　址：福州市东水路76号14层 邮编 350001
电　　　话：（0591）87536797（发行部）
发　　　行：后浪出版咨询（北京）有限责任公司

选题策划：后浪出版公司
出版统筹：吴兴元
特约编辑：陈志炜
营销推广：ONEBOOK
装帧设计：李　扬
装帧制造：墨白空间

印　　　刷：北京盛通印刷股份有限公司
经　　　销：新华书店
开　　　本：880×1194毫米 1/32
印　　　张：8.5
字　　　数：144千字
版次印次：2020年5月第1版 2020年5月第1次印刷
书　　　号：ISBN 978-7-5550-2212-1
定　　　价：45.00元